八百诗

云淡云飞 ◎ 著

民主与建设出版社

·北京·

图书在版编目（CIP）数据

八百诗 / 云淡云飞著. —北京：民主与建设出版社，2020.5

ISBN 978-7-5139-3009-3

Ⅰ.①八… Ⅱ.①云… Ⅲ.①诗集－中国－当代 Ⅳ.①I227

中国版本图书馆CIP数据核字（2020）第060551号

八百诗
BABAISHI

著　　者	云淡云飞	
责任编辑	刘　芳	
封面设计	中尚图	
出版发行	民主与建设出版社有限责任公司	
电　　话	（010）59417747　59419778	
社　　址	北京市海淀区西三环中路10号望海楼E座7层	
邮　　编	100142	
印　　刷	河北盛世彩捷印刷有限公司	
版　　次	2020年5月第1版	
印　　次	2020年5月第1次印刷	
开　　本	880mm×1230mm　1/32	
印　　张	15.5	
字　　数	220千字	
书　　号	ISBN 978-7-5139-3009-3	
定　　价	68.00元	

注：如有印、装质量问题，请与出版社联系。

献　辞

　　献给带我来到这个世界的父亲母亲——赵恩远和毕臣兰；

　　献给带给我前半生生活中生命感受的所有人们；

　　当然献给有缘阅读这些诗章作品的读者朋友；

　　特别要献给那些喜爱又能意识到这些作品真正潜在价值的读者朋友。

"诗歌是通过声音和意义两方面来表达的。德莱顿说：'音乐是不明了的诗。'"

——约翰逊（英）

目录

枯黄诗页　幽情记忆
轻轻翻动　闪烁不息

目录

一小片纸　写你入诗
浅浅几行　心生心死

八百诗

淡淡一朵云　悠游飘四季
世间无人知　我心在何地

目录

八百诗

目
录

八百诗

天风舞溪柳　摇落一身秋
凋零似我心　浮水任漂流

目录

我选择停留　等你在那条小路上
梦中的人来了　随风伴在她左右……

目
录

八百诗

童年的味道　甜甜的味道
香香的味道　青青田野奔跑的味道……

目
录

八百诗

一首老歌　消退如我
残残余烬　滴血星火

目录

半生追逐　过往如风
半生逍遥　一弯彩虹

八百诗

目录

八
百
诗

清音朗朗　飘逸铿锵
明眸烁闪　吟哦诗章

目
录

八百诗

目录

八百诗

题 外 集

八百诗

目录

八百诗

枯黄诗页　　幽情记忆

轻轻翻动　　闪烁不息

若

我喜欢云
飘飘若我恋人！

来了　来了
洁白一缕轻纱
……
远了　远了
……
萦萦若我梦痕……

远寺

远寺钟磬音
缓缓出清晨
一声又一声
轻摇我梦神

远寺钟磬音
幽幽送黄昏
一声又一声
撼动我诗魂

枯黄诗页　幽情记忆
轻轻翻动　闪烁不息

桃花

一池春波漾
点点落桃花
月光凉如水
盈心闪闪她

长夜漫漫

长夜漫漫
亘古幽蓝
明月相思
上弦下弦

巷

小巷幽幽石径
　细雨竹影濛濛
素墙黛瓦疏窗
　娟娟飞檐鸟鸣

*一九九七年春浙江湖州南浔小街印象

俏春

濛濛
　青田
雨如烟

　伊人
荷锄
　匆匆还

手把
　花枝
不相语

　笑往
头上
　插
　春
　天

　　　＊给W

枯黄诗页　幽情记忆
轻轻翻动　闪烁不息

寻幽

寻幽山麓
遇童晨牧
涧水清流
淡淡遮雾

仙境雁荡山

雨晴山空灵
　岭岭翠成屏
水落鸟鸣和
　缓缓入仙境

*一九九七年春游浙江温州雁荡山

不可撼动的美

西窗外
　　猛然间
我看到了
　　夕阳西下
……

还有水
　　还有树
当然还有那一大片
　　灿灿的云霞
当然我看到了那
　　夕阳西下
……

啊！
　　我想到了
伟大泰戈尔诗里的
　　那句话——
"美呀，不可撼动的美！"

枯黄诗页
轻轻翻动
幽情记忆
闪烁不息

破庙

残垣枯草

荒芜寥寥

罄空枝悬

鸟啼破庙

*一九九八年秋北京郊野荒山目睹

不舍

茫茫

　烟水

缥缈波

　小舟

轻漾

　伊过河

笑意

　相语

挥手别

　泪眼

依依

　久

　不

　舍

　　*给W

我亲爱的

我亲爱的
　　就是我周遭的空气
经她提醒
　　才知道原来有压力
我亲爱的
　　就是我周身流淌的所有液体
经她提醒
　　才知道原来充斥了整个一点儿八立方体
其实　我最想说的
　　也是最愿意传达给全世界的——
我亲爱的就是我的全部
　　抑或说她主要集中在我的心部
　　——无时无刻不在跳动着　律动着
　　彼此偎依

相互爱慕
贪恋呢喃的那个
重要的部位

绿罗裙

风光一年春
恋人绿罗裙
轻盈伴左右
满眼遍草茵

牵牛花

牵牛花
牵牛花
一朵朵
小喇叭

小喇叭
小喇叭
翠生生
爬篱笆

有白的

有蓝的

还有红

朵朵花

朵朵花

多彩花

开不败

向上爬

天天开

天天爬

入蓝天

化彩霞

＊牵牛花俗称喇叭花茎绕向上花开娇艳惹人喜爱

枯黄诗页　幽情记忆

轻轻翻动　闪烁不息

小鸟娟娟

小鸟娟娟

枝如摇篮

碧空轻飞

云儿好闲

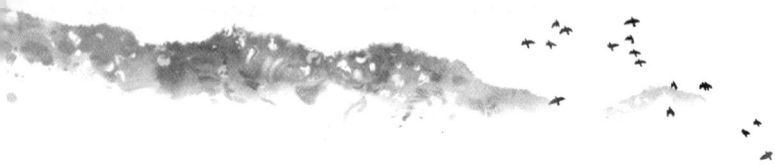

小小女生

小小女生
发与耳齐
双手递诗
赧颜俏皮

＊给MM

恋人

我有恋人
遥遥远方
叩我心扉
萦怀不忘

晨起思她
心升朝阳
念到日落
灿入霞光

夜里梦来
伴我身旁
串串笑语

妙如水浪

情思悠悠
徜徉遐想
甜甜美好
爱恋时光

倚

秋山重重雾
杳然相思苦
倚窗问明月
泪眼伴泪烛

死去

春天
相遇
夏季
伴你
冬雪
未见
深秋里

枯黄诗页　幽情记忆
轻轻翻动　闪烁不息

我将死去

就让我多收集一些落叶吧

也随我默默爱你

……

一窗残秋

一窗残秋

枯山淡霭

竹影萧疏

黄昏进来

酒醉

长街灯荧荧

夜阑雪飘零

酒醉无人念

凄风满京城

风停雨歇

风停雨歇
落花哭泣
一弯彩虹
笑傲天际

红咸菜

一口红咸菜
吃白米饭——
生活的味道
——五十年味蕾品尝着的一个爱字的
味道!
……

月下

月下湖面柔风
　　岸柳袅袅飘动
恋人微微低语
　　我心清波扬起

枯黄诗页　幽情记忆
轻轻翻动　闪烁不息

她

清风野草花
  月淡柔如纱
春有香香意
  沁我梦到她

夏日

一池水草清浅
  鱼儿自在悠然
不远蛙鸣波面
  蜻蜓频频点点

蝉

炎炎浓荫里
蝉鸣当夏急
天地恍凝滞
抱朴含真曲

悠悠海洋

悠悠海洋
亘古摇荡
生生万物
摇篮摇晃

沙湾

小船扬帆
浅浅沙湾
椰树留别
渐行渐远

枯黄诗页　幽情记忆
轻轻翻动　闪烁不息

咖啡时光

日子平常
不可名状
悠然惬意
咖啡时光

日子平常
匆匆遗忘
挥之不去
苦咖啡香

无题

残阳焚没
夜色四合
明月上演
相思恋歌

南来雁

一湖平水阔
清幽衔远山
浑然苍苍翠
茫茫碧连天

两行南来雁
翩然落近前
叠叠绿波漾
声声云水间

*一九九九年秋青海湖

无题

飘飘洒洒
漫天洁纯
恋人送来
雪花之吻

枯黄诗页 幽情记忆
轻轻翻动 闪烁不息

掩埋

晶莹雪花洁白
　飘飘天外遣来
静夜漫空飞舞
　皑皑尘世掩埋

冬夜

冬夜飘雪
黑白寂灭
枯树兀立
鬼魂惊觉

沙

沙逼水草

枯木影只

鸟鸣远去

诸神垂死

*一九九八年秋内蒙古四子王旗

枯黄诗页　幽情记忆
轻轻翻动　闪烁不息

难忘

村头

小路

菜禾

水塘

野花野草

蝴蝶拂动着阳春里的淡香

……

远去了

远去了

好惆怅

好难忘

远在儿时

儿时候我的故乡！

春来了

我喜欢春
　一如很多很多的人一样
"春来了"——只屑轻轻的一声
　一如春吹进了我的心坎
不知不觉　多么美好的时节
　当春真的来到的时候——
带着呼唤
　带着人们多多的期盼
来到的时候
　一如蛊惑起了我新鲜驿动
念念不安的灵魂
　当此时节
我真的好想写一首长诗
　一首属于春的诗　一首写满三春走过的诗
慢慢读……
　不知不觉　多么美好的时节
立春过后连雨水
　雨水过后有惊蛰
啊！"惊蛰"
　我尤其喜爱的节气
我尤其喜爱的还有那独属于她的大大的灵气——
　那份春雷动天　惊蛰大地　万物惊醒新生的
神灵之气

于是　我不禁调整呼吸　抬将起右手
轻轻放在左心房前

带着我早已有些忘情了的情绪

缓缓地　深切地吟诵：

春来了　山前　水上　树梢头　田野里
四面八方　她像跑得那样快

翩翩而来

春来了　她乘着习习拂面的洋洋暖风

也寄托着我心中全部向往的美丽

翩翩而来

隐隐滚惊雷　惊蛰已到来

惊蛰春　惊蛰心　惊蛰生生万物的灵魂

……

不知不觉　我的心已装满了整个的春天

　　　*二〇〇〇年春夜

枯黄诗页
轻轻翻动

幽情记忆
闪烁不息

一半儿

一半儿熟悉

一半儿距离

一半儿忘却

一半儿记忆

缥缈青春之梦中的那一个个心结

未得打开

早已逝去……

八百诗

一小片纸　写你入诗

浅浅几行　心生心死

小鸟晃枝头

小鸟晃枝头
　濛濛春气柔
鲜鲜软软心
　淡淡相思愁

　　　*一九九五年早春之晨

知道

叽喳小鸟
没完没了
说些什么
真想知道

一小片纸　写你入诗
浅浅几行　心生心死

祝福

吟一曲切切恋歌
垂柳依依舞相和
一声木鱼一声磬
梵音幽幽祝福多

*一九九九年初夏北京香山碧云寺

戏春光

原野花草香
　恋人戏春光
柔风飘长发
　咯咯笑清响

海边

海边心发痴
　风吹欲吟诗
空白无着意
　暗暗涌相思

假日

海天假日
幽情遐思
爱若浮云
飘飘遁逝

红红小船

海蓝云天
鸥鸟翩翩
清风摇荡
红红小船

小船悠悠
惚恍扬帆
如我恋人
踪影不见

一小片纸　写你入诗
浅浅几行　心生心死

杏子

杏子赧颜
酸酸甜甜
贴心感觉
想起初恋

遇见

刹那感觉
浸漫我心
猝不及防
爱神降临

无题

相遇相爱
鬼使神差
万事皆缘
谁巧安排

时常　时常

时常　时常
我心中默念——
"她正凝视着这一轮月亮"
时常　时常
我心中默想
默想此刻的她会不会刚好也将这一轮美丽的月亮遥望
甚至默想　此时刻的她也同我一样
也在心中默念——
"他正在凝望着这一轮月亮"

夜空朗朗
中天之上
今次我又看到了一轮殷勤的月亮
——弯弯迷人　弥散着清光
啊！我的心上人
一同爱我的心上人
此时此刻　莫非也看到了这一轮优美的月亮
此时刻的她莫非真的也正在心中将我默念　将我
默想……

悠悠的月亮　皎洁的月光　殷勤照耀我心底的神明
光亮
在此时刻

一小片纸　写你入诗
浅浅几行　心生心死

莫非将那一缕缕轻纱般爱的明辉

沐洒在了我心上人那有如你今晚这般的迷人脸上　玲

珑身上

包括她那颗清纯善良的

美丽心上

八
百
诗

徘徊

恋人岸偎依

　海浪低闲语

徘徊到日落

　星闪又相讥

伊伴读

静夜伊伴读

弯月映凝眸

袅袅篆烟旋

清香满衣袖

莲花开

村前莲花开
相依若你我
念君不得见
崇山峻岭隔

一袭白衣

杏花微拂春雨
　　小径清幽迷离
盈盈佳人走来
　　飘发一袭白衣

慨叹

庭前春花一簇
营营蜜蜂飞舞
慨叹人间爱恋
痴情源自远古

一小片纸　写你入诗
浅浅几行　心生心死

美如斯

窗前一轮月
玲珑挂疏枝
那个初见夜
伊人美如斯

偎

幽湖一片月
沐舟漾清凉
恋人偎我怀
伴莲入梦乡

万顷湖

点水
　蜻蜓
款款飞

　戏花
蝴蝶
　翩翩舞

婀娜
　女子
秋波漾

　我心
已入
　万
　顷
　湖

一小片纸　写你入诗
浅浅几行　心生心死

入画中

雨歇
　云去晴

西天
　飞彩虹

一行
　南归雁

匆匆
　入
　画
　中

梦

依依
　　别离
两茫茫

　　绵绵
相思
　　日长长

心念
　　远方
佳人来

　　却梦
她将
　　奔
　　远
　　方

一小片纸　写你入诗
浅浅几行　心生心死

双飞鸟

翾翾双飞鸟
　落枝一水隔
声声妙清音
　相语又相和

留恋

沥沥西窗雨
　伴梦醒来迟
留恋再思伊
　不知几多时

无题

月泛清辉
浮云若洗
甜美恋人
氤氲心里

夜雨沥沥

蟋蟀唧唧
夜雨沥沥
悠悠我心
游来游去

谁共我

云共月
山共水
春将逝
情共谁

鸟共树
花共果
秋将逝
谁共我

春归何处
秋归何处
情归何处
心归何处

一小片纸　写你入诗
浅浅几行　心生心死

情在春春花谢
秋在心叶飘落
情与共　心与共
情共谁　谁共我

初恋

初恋初雪
纯纯圣洁
心底伊人
若梦不绝

纸

一小片纸
写你入诗
浅浅几行
心生心死

*一九九七年秋日

璀璨

无边秋稻田
　香飘光闪闪
火烧夕阳来
　赫赫金璀璨

　　　*二〇〇三年秋

芦花白

浓云飘无定
荒野鸟幽鸣
茫茫芦花白
潇潇秋雨中

　　　*二〇〇三年秋河北白洋淀

一小片纸　写你入诗
浅浅几行　心生心死

静谧秋夜

静谧清秋夜
半月淡如纱
缥缈艳歌袭
徐风荡芦花

*二〇〇三年秋河北白洋淀

八
百
诗

京秋

寂寥长天
飘零云朵
满城孤独
有你有我

无题

清秋冷雨
落竹若曲
伴我相思
夜里梦里

站台

站台恋别
挥手泪淌
夕阳只影
斜长斜长

海棠正红

小院新竹
风吹叶鸣
佳人在屋
海棠正红

残存

初恋残存
一生一人
她呀他呀
刻骨铭心

一小片纸　写你入诗
浅浅几行　心生心死

捱

残阳送君远
　恋别漫天忧
捱来霜夜静
　又添相思愁

不再想你

想你在心上
　你在云中飘荡
想你在云中飘荡
　你在我心底潜藏

合上眼　闭上心
　我选择逃避
选择不再想你
　哦，不再想你

我想天上闪烁的星星
　我想周遭白白的墙壁
想远方辽阔的海洋
　还试图想过往生活的各种有趣

八百诗

时光压迫着一点点流去

　　好像还挺漫长

其实——

　　充其量也没有挨过几分钟的距离

转念间我心头又将那一轮明月想起

　　惚恍中我惊异还看到了神奇——

周遭遍眼的空气　　无处不在　　幽幽生辉　　星闪熠熠

　　还有——嗬！……

结果　　我体内燥热　　辗转反侧

　　心房紧跳不息

唉！其实她的倩影一直都在我的心海浮现

　　居然早已潜进了流淌我周身的全部血脉里

　　——使我再不能安眠

一小片纸　写你入诗

浅浅几行　心生心死

水驿

烟村水驿

清秋夜寒

踽踽游子

归乡难眠

披衣徘徊
星月至阑
心念伊人
翘望家还

甜甜在心上

燕儿宿梁上
月儿照墙上
我有爱恋人
甜甜在心上

水含烟

月映清波闪
幽湖水含烟
往昔佳人随
今隔万重山

八百诗

入庙里

苦苦入庙里
佛前默愿许
念他头一个
相依不相离

赶海恋人

赶海恋人
戏水追逐
赫然惊起
一滩鸥鹭

潜藏

爱恋花朵
静静绽放
凋谢之梦
浓荫潜藏

一小片纸　写你入诗
浅浅几行　心生心死

无奈

苦苦相思
痴痴相爱
未来无期
太多无奈

七月七

今逢七月七
牛郎会织女
仰天不得见
忽洒相思雨

青山懒洋洋

青山懒洋洋
　白云空彷徨
波涛无涯海
　似知我忧伤

八百诗

失恋

失恋失恋
心撕两半
残阳焚去
燃烛泪颤

深渊长夜

深渊长夜
冷雨凄风
深渊爱恋
忽暗忽明

寂寞生日

寂寞生日
送来祝福
凄冷夜里
有你凝注

一小片纸　写你入诗
浅浅几行　心生心死

空白的日子

空白的日子里
眼前一片空白
回忆
忘却
期许
忘怀
田野
清风
树林
飞去的鸟鸣
眼前的一切都望着发呆
——除了痴想那一朵飘摇的孤云

那……

那一年
那夜晚
急急秋风刮村前
不见星
不见月
小河默默淌脚边
徒无奈
徒无奈
伊人绝情飘然去
奚可焉!

一小片纸　写你入诗
浅浅几行　心生心死

枫林半山红

苍黄巍峨峰
枫林半山红
隐隐藏古寺
忽来妙幽钟

*二〇〇〇年秋北京怀柔郊游

箭

滚烫青春
箭穿天云
无涯漫旅
遥坠山门

燕燕

呢喃燕燕
颉颃穿梭
相思相思
无处闪躲

秋望

溪弯锁寒林
一簇又一簇
远山雁阵来
幽声入画图

居

一堂清舍
溪流环合
来有嘉宾
琴瑟而歌

日斜窗前
古木参天
涉水相送
悠悠远山

一小片纸　写你入诗
浅浅几行　心生心死

听风歌唱

午夜静幽光
秋雨落敲窗
合书独眠卧
且听风歌唱

相思一片海

寂寞守清秋

离人若孤舟

相思一片海

摇荡万般愁

山中一夜

幽山

雪暮

松岩

柴屋

心升一轮相思月

烈酒酌孤独

醉醒窗熹微

西天淡月孤

忽觉梦中伊人来

若女伴樵夫

日子甜甜苦

……

山之南

她居山之南
依水共妍柔
四季相思云
缭绕我心头

白浪水

访友入春山
　茅屋炊袅袅
清响白浪水
　迎我过溪桥

会客

小院花迎客
月来弄竹影
倾心话诗书
抚琴到天明

一小片纸　写你入诗
浅浅几行　心生心死

写你

空空全无凭
　　自在任神行
写你成诗语
　　痴情入梦境

小小窗口

小小窗口
碧空神游
相思掠过
心随云走

小小窗口
企足翘首
佳人千里
恋在心头

淡淡一朵云　悠游飘四季

世间无人知　我心在何地

向上向下

向上走的向上走
向下走的向下走
我停在半山
飘飘闲云伴左右

天地成画

大漠落日
悬遮枯枝
天地成画
仙笔妙诗

淡淡一朵云　悠游飘四季
世间无人知　我心在何地

枯干河床

枯干河床
龟裂成网
蜻蜓飞来
闪若泪光

夜宿空山寺

夜宿空山寺

静卧啼子规

梦醒狂风闪

万壑听惊雷

塞外古道

塞外穿古道

乱石枯芦草

四野肃杀秋

策马入唐朝

*一九九八年深秋宁夏固原

知友

倚窗闲赏月

荷香微风潜

有蛙若话诗

知友在云山

村前

细雨翠幽山

竹林淡遮烟

一弯春水响

匆匆绕村前

*一九九六年春浙江温州雁荡山某小山村

淡淡一朵云　悠游飘四季

世间无人知　我心在何地

牧童

太阳悬中天

　牧童树下眠

四野遍青草

　牛戏溪水边

*北京密云郊野偶遇

泛舟行

碧水
　清幽
泛舟行

　岸边
古寺
　飘梵声

欸乃
　欸乃
摇将去

　隐隐
又来
　妙
　晚
　钟

　　　*一九九三年初夏浙江嘉兴西塘古镇

雨珠清响

屋檐雨珠落清响

静闻淡幽花草香

云散窗竹翠欲滴

灿灿烟霞舞斜阳

除夕

烟花绚无际

爆竹八方起

家家阖团圆

天下正除夕

*二〇一一年除夕之夜

淡淡一朵云　悠游飘四季

世间无人知　我心在何地

水乡江南

水乡江南
吴侬语软
桥桥柔波
缤纷花闪

乌篷小船
烟雨如帘
悠悠歌漾
渐行渐远

*一九九三年江南之行

无题

小径青石板
　飘飘花纸伞
烟雨桥上过
　悠歌漾篷船

八百诗

难舍

滴答夜雨临窗
　街灯清冷昏黄
恋人依依难舍
　没入幽深小巷

沐浴

美人如玉
月下沐浴
谦谦君子
顾盼神迷

淡淡一朵云　悠游飘四季
世间无人知　我心在何地

会稽山

旖旎江南
摇曳斑斓
千岩万壑
惊叹连连

*一九九四年秋浙江绍兴会稽山

壶口瀑布

轰轰山响
壶口喧天
飞沙黄龙
狂舞高原

*一九九五年夏山西壶口瀑布

五台山

佛山峰连峰
塔塔自光明
十方向五台
大觉达妙境

*二〇〇五年秋山西五台山

飘飘

秋日的傍晚
骤雨停了
西天开霁了
……
啊，我好喜欢！

——那湛蓝湛蓝
无可比拟的
深邃诱惑之蓝
让我好喜欢！

——那飘动的云
飘飘变生出的
五彩云绮
让我好喜欢！

——飘飘……
——飘飘……
——飘飘……

啊，飘飘无边
飘飘梦幻
飘飘让我好喜欢！！

淡淡一朵云　悠游飘四季
世间无人知　我心在何地

神山

峥嵘嵯峨峰

缭绕半山云

经幡猎猎响

虔心向天神

*二〇〇五年秋西藏林芝神山比日山

荒凉河畔

荒凉河畔深草丛

野鸭漾水遍蛙鸣

闲云无定飘日月

秋去春来觅芳踪

艳歌

粼粼碧水绿浓荫

艳歌一曲似流云

一池香荷一池柳

一池深情爱纯纯

山巅

入夜清风来
　　云轻月徘徊
山巅寺钟鸣
　　声声飘天外

　　　　*二〇〇一年泰山之夜

清香入我家

槐花满初夏
　　清香入我家
临窗默流水
　　缓缓奔天涯

无题

深山荒野村
　　溪响寂无人
日落炊烟起
　　袅袅若有神

淡淡一朵云　悠游飘四季
世间无人知　我心在何地

偷眼

海滩恋人相拥
　　偷眼明月炯炯
一朵轻云飘来
　　遮了她那表情

*一九九七年夏河北北戴河海滨

高山顶

家住高山顶
　　往来彩云间
日升眺千里
　　月夜星璀璨

*一九九七年夏河北秦皇岛抚宁背牛顶山印象

北戴河东山海边

绿荫

山石

空旷

一地斑驳的阳光

小草鲜鲜

星花闪闪

拂我脚下

摇曳眼前

招摇高低处处蔓布四面八方

习习的海风啊

吹我到仙乡！……

*一九九七年夏河北北戴河海滨东山

淡淡一朵云　悠游飘四季

世间无人知　我心在何地

沐

夕阳去
　清幽湖面

小舟漾
　恋人歌甜

情深深
　没入夜色

沐着那
　月
　光
　一
　片

悠悠羊群

曦色照临
溪水清音
涉浅而过
悠悠羊群

　　　　*一九九九年陕西党家村

神曲

天风和煦
丰沛喜雨
山谷妖娆
哗哗神曲

无题

艳歌柔声
侧耳倾听
相思袭来
我且入梦

淡淡一朵云　悠游飘四季
世间无人知　我心在何地

思

思我梦中人
　牵手游天际
诗意光闪闪
　心飞随云去

飘

花仰望辉煌太阳
　河奔向浩瀚海洋
诗飘到恋人那里
　滴滴泪水浸忧伤

驮铃叮当响

茫茫沙洲夜
　满月泛清光
连绵天际来
　驮铃叮当响

*一九九九年陕西榆林

红蜓

濛濛柔春雨
　　惹心相思起
红蜓频窗前
　　莫非知我意

流丝带

静谧绿原流丝带
　　曲悠闪转眼前来
俯首掬得仙凉意
　　雪山清响梦境外

北国已阳春

浅水芦草嫩
　　叶莺娇吟吟
轻柔杨柳飞
　　北国已阳春

淡淡一朵云　悠游飘四季
世间无人知　我心在何地

无题

春山有友
夜读在房
濛濛雨幕
一点晕黄

春种

细雨落草痕
　心头涌绿春
种瓜点豆忙
　梦里果灿金

蝴蝶飞

蝴蝶纷飞
油菜花儿香
鲜鲜黄黄眺无边
蝶蝶正翩翩
……

八
百
诗

——粉蝶翩翩

——翠蝶翩翩

——蓝蝶翩翩

——样样的花蝶翩翩

……

——那只落花上

——那对欢恋忙

——两两翻飞戏舞

——一群急急似争抢

……

蝴蝶纷飞

油菜花儿香

蝶蝶翩翩轻飞

彩蝶菜花黄

……

蝴蝶纷飞

油菜花儿香

蝶蝶翩翩轻飞

翩翩菜花黄

……

淡淡一朵云　悠游飘四季
世间无人知　我心在何地

三月里

三月柳絮飞
　飘飘过墙头
大小红蓝女
　跳捉戏轻柔

赋闲

一日赋闲心
　蹉跎已黄昏
梦里光景好
　长夜又来临

神山圣湖畔

神山圣湖畔
明月映禅心
幽远寺钟鸣
妙音撼凡尘

　　*西藏印象

藏乡

奔放藏乡
篝火煌煌
情歌酒歌
若痴若狂

　　★西藏印象

湛蓝湛蓝

湛蓝湛蓝
白云飘游
心天恋人
纯美纯柔

淡淡一朵云　悠游飘四季
世间无人知　我心在何地

盘山夏日

飘飘岚烟
云崖入天
飞泉闪落
半山鹰旋

*一九九五年夏天津蓟州盘山

无题

窗前有竹
静洒晨光
露珠闪闪
晶莹多芒

无题

鸟晃枝头

嘤嘤唤友

振羽轻飞

寂树空留

坐忘

崇山幽谷

溪水清音

碧空妙和

飘飘白云

淡淡一朵云　悠游飘四季

世间无人知　我心在何地

也许也许

偶然想起

偶然忘记

也许也许

悠悠心底

无题

落花满地
枝叶战栗
寂寥我心
相思泛起

春山老屋

春山老屋
晨品诗书
古藤流莺
娇音伴读

柏林禅寺

吉福灾祸
旋起旋落
柏林禅寺
寂幽祥和

*记河北赵州柏林禅寺

八百诗

至尊

至尊之像

佛后有光

万念归一

众生景仰

祖山之秋

林壑深秀

晚霞散绮

隐有泉响

神游八极

淡淡一朵云　悠游飘四季
世间无人知　我心在何地

*一九九九年秋河北承德祖山

无题

空虚夏季

炎炎退去

野塘日残

蛙声若雨

塞纳河

浪漫浪漫
塞纳河畔
恋人幻影
柔波璀璨

*一九九七年秋法国巴黎塞纳河

运河

古堡尖顶
金波叠影
夕映运河
脉脉深情

*一九九七年秋英国伦敦运河

记忆之城

记忆之城
黄昏多情
邂逅不舍
心旌摇动

踏浪

四海云游
踏浪邂逅
激情夏日
心已偷走

淡淡一朵云　悠游飘四季
世间无人知　我心在何地

弱弱的你

夏初

暮雨

石板小街

青花伞下弱弱的你

清风伴我俩默默地走着

只那弱弱的一句——

她只弱弱地问了我一句

——泪花闪着细雨

……

再没有回去

再没有回去

往事随了清风

点头落了空空

再也没有回去……

悠悠云之南

悠悠云之南
垂天遥遥远
烂漫春常在
仙域连人间

*一九九五年早春云南之行

乌江畔

客居江野畔
草堂茶话闲
长桥舟来往
遥山落日圆

*二〇〇七年秋贵州乌江畔

淡淡一朵云　悠游飘四季
世间无人知　我心在何地

晨起

水村烟树幽
老屋淡晨光
野鸟鸡犬闻
悠然半炷香

当雄

天空
湛蓝
川水
湛蓝
洁白洁白
云遮雪山

野鸟
翩翩
牦牛
点点
猎猎飘动
草甸经幡

当雄

当雄

神之家园

悠游

走进

世事俱捐

*二〇〇五年夏西藏当雄草原

纳木错湖

碧空澄澈

云伴雪山

纳木错阔

幽蓝映天

*二〇〇五年夏西藏纳木错湖印象

淡淡一朵云　悠游飘四季

世间无人知　我心在何地

伴君游

快意伴君游
　　匆匆历多日
难舍山下别
　　清冷暮秋时

　　　　*给S君

金桂

金桂一树香
　　满庭雨芬芳
云烧彩虹出
　　晚风送秋凉

门前一朵云

门前一朵云
　　悠游轻飘去
隔水再隔山
　　代我找到你

南山南　北山北

南山南　北山北
　南山遥遥远
　北山不可追
南山连北山
　盈盈一条水

南山南　北山北
　南山蓁蓁草
　北山采蔷薇
南山连北山
　木叶纷纷坠

南山南　北山北
　南山多崎路
　北山路不归
南山连北山
　隐隐滚惊雷

南山南　北山北
　南山飘细雨
　北山屋烟醉
南山连北山
　点点鸥鹭飞

淡淡一朵云　悠游飘四季
世间无人知　我心在何地

南山南　北山北
　南山哀婉歌
　北山有墓碑
南山连北山
　凄凄有神鬼

南山南　北山北
　南山南山寺
　北山北风吹
南山连北山
　白云来又回

南山南　北山北
　晨光山连山
　夕阳水连水
南山连北山
　悠悠天地随

南山南　北山北
　南山遥遥远
　北山不可追
南山连北山
　盈盈一条水

粗茶

浓浓一碗

粗茶涩苦

倏回儿时

泪眼模糊

无题

荧屏故事

情满黄昏

一曲《吻别》

击穿我心

淡淡一朵云　悠游飘四季

世间无人知　我心在何地

丽江古城

暮笼幽坊

溪响若歌

缥缈雪山

咖香忘我

*二○○六年秋云南丽江古城

无题

丽江丽江
东巴神乡
彩云之南
发呆地方

香格里拉

牧野悠悠
雪山童话
伊甸园外
香格里拉

*二〇〇六年秋云南迪庆香格里拉印象

八
百
诗

怀柔归来

怀柔归来
忙碌无欢
溪流淙淙
遗落山间

*怀柔系北京怀柔区

吟诗鹅塘

佳人在房
吟诗鹅塘
心回童年
笑语琅琅

淡淡一朵云　悠游飘四季
世间无人知　我心在何地

僧人

僧担涧水
一漾一漾
滴洒入寺
半山夏凉

*二〇〇一年夏河北唐山景忠山

无题

枯朽老树
村头默立
多多故事
空留记忆

友来

悠悠碧空
秋鸽飞声
藤下友来
一壶茶浓

羁旅孤岛

羁旅孤岛

游魂游荡

相思如水

四面八方

孤单情人节

孤单情人节

　佳人不相与

荧屏男女歌

　连连相思曲

街前

思君不见君

　痴情焚余烬

街前晒太阳

　默等白头人

淡淡一朵云　悠游飘四季

世间无人知　我心在何地

暮色小山村

暮色小山村
炊烟斜织雨
漫野鲜茶香
沉醉春风里

*一九九九年福建武夷山某小山村

一轮月

天幕一轮月
甜甜默无语
若我心上人
爱她多多许

我曾那么爱你

习习春风吹起
又飘轻柔小雨
双燕呢喃戏飞
我曾那么爱你

惟心

爱你——
　　不可说
爱我——
　　是秘密
忘了我——
　　如果你甘心
记得我——
　　假如你愿意

忧伤的雨

忧伤的雨
忧伤的人
忧伤的人生
忧伤的爱情
春雨沥沥地下
沥沥下个不停
融入这个世界
这个世界满是凄凉和忧伤的……

淡淡一朵云　悠游飘四季
世间无人知　我心在何地

放眼一山翠

放眼一山翠
　嘤嘤有鸟鸣
闲云来遮掩
　溪水送空灵

步步高

清风荡幽林
　山寺幂白云
伴日步步高
　磬声妙入神

神灵雨

朵朵堆堆云来去
　天风飘落神灵雨
久旱荒野火生烟
　一夜恍入童话里

*"神灵雨"引自屈原《九歌》之山鬼语

佳人入梦

窗外娇兰分外明
　　枝鸟殷勤啼啭听
月移花影上薄纱
　　最是佳人入梦中

台东

台东台东好地方
　　看山看海看夕阳
竹舍茗香会知友
　　潺潺小溪伴在旁

　　　*给台湾H君

淡淡一朵云　悠游飘四季
世间无人知　我心在何地

日月潭

碧蓝云朵朵

　飞鸟娇音和

静湖映青山

　漾舟渺渺我

＊二〇〇七年秋台湾日月潭印象

太行女人

春水村前绕

　落花浮水漂

清香浣衣女

　不觉相思老

＊一九九九年春河北保定顺平太行山中麓唐河边盘古村

野塘

野塘遍蜓飞
　清波漾莲开
蛙鸣悄移近
　徐徐暗香来

飞去

路遥急雨歇
　劲风扫残云
欢喜即飞去
　满眼相思人

淡淡一朵云　悠游飘四季
世间无人知　我心在何地

青纱帐

青秆上青云
碧叶映碧空
汪洋一片海
百鸟千虫鸣

访京郊某禅院

幽山濡墨染
野水映筼筜
禅房斯人去
茶瓯空余香

*给L君

宿西双版纳

独宿春山小竹楼
　一窗熹微绿油油
呢喃燕子双飞去
　千里佳人上心头

*一九九八年春云南西双版纳

寨子

寨子绕清溪
　晨竹翠欲滴
紫燕双掠过
　呢喃欢相语

*一九九八年春云南西双版纳

古宅门

石阶古宅门
　闲坐凝苔痕
人天两不老
　日新又日新

淡淡一朵云　悠游飘四季
世间无人知　我心在何地

欢歌一路春

翠山竹楼村
　小径俏归人
背篓满野花
　欢歌一路春

　　　　*一九九八年春云南西双版纳某小山村印象

八百诗

夜归来

佳人夜归来
　澈空妙幽蓝
笑弯中天月
　遥星喜眨眼

仙乡

雨洒花野夏意浓
　云散晴空现瑰虹
长发佳人飘飘来
　恍若仙乡童话中

雨后

雨后晚晴
秋野凋零
留白炊烟
一抹惊虹

白洋淀上秋

白洋淀上秋
残荷覆残阳
万顷芦花雪
悄然舟来往

　　　*二〇〇三年秋河北保定白洋淀

淡淡一朵云　悠游飘四季
世间无人知　我心在何地

悠游穿越

溪流清冽
水草摇曳
"有鱼有鱼"
悠游穿越

初开玫瑰

初开玫瑰
娇红若滴
欲送恋人
满心欢喜

初恋初恋

初恋初恋
悠悠经年
偶有惹起
立现眼前

初恋初恋
若梦未醒
眼前来去
笑靥笑影

无题

相拥月下
恋人低语
呢喃呢喃
浸没甜蜜

宛如

枝头小鸟
一鸣一和
隔水相望
宛如恋歌

淡淡一朵云　悠游飘四季
世间无人知　我心在何地

河床

荒野河床
雾穿晨曦
蜻蜓戏飞
幽漾藻丽

*二〇〇三年夏北京密云郊外

出门远行

出门远行
母亲忘情
"小心小心"
万般叮咛

出城

幢幢高楼
蠕蠕车流
出得城来
心飞云走

万家灯火

夜幕初落
平野苍阔
回望京城
万家灯火

冰岛

洪荒冰岛
自然之极
悠悠万象
幻美神奇

肖邦

一曲肖邦
喜悦安详
诗人之心
努力生长

淡淡一朵云　悠游飘四季
世间无人知　我心在何地

无题

海船桅杆
古城塔尖
金色雾纱
天际弥漫

拉斯维加斯之夜

魑魅魍魉
鬼域魔乡
追魂摄魄
幽闪冥光

*一九九三年夏于美国拉斯维加斯

望珠峰

皑皑无边雪
　遥天望珠峰
自觉若尘埃
　心魂顿空灵

棕榈树

海岸南来风
　徘徊吹孤独
沙滩回头望
　一株棕榈树

那曲

红日升高原
　溪闪野草花
悠然牛羊伴
　牧放青山下

　　*二〇〇五年夏西藏那曲羌塘草原

牧草青青

牧草青青
策马驰骋
心比闲鸟
乘风而行

淡淡一朵云　悠游飘四季
世间无人知　我心在何地

雅鲁藏布大峡谷

天地转弯
霭霭峡谷
梦幻神奇
雅鲁藏布

*二〇〇五年秋西藏雅鲁藏布大峡谷

蛮荒山野

蛮荒山野
无尽清幽
林海峭崖
飞瀑低吼

*一九九一年秋海南岛中路之行

宁静海滩

宁静海滩
一望无垠
鸥鸣纷飞
隐隐椰林

无题

放荡流浪
悠悠远方
陌生奇遇
眸闪姑娘

淡淡一朵云　悠游飘四季
世间无人知　我心在何地

走过

乱石荒野
灰山黑岭
绝望走过
宛若重生

*新疆阿尔泰山之行

鬼魅林

大漠四望
落日独晖
一众枯魂
怪舞鬼魅

*一九九九年秋内蒙古阿拉善额济纳旗怪树林

莫日格勒

幽山起伏

绿野旷阔

柔水万转

莫日格勒

*一九九九年秋内蒙古呼伦贝尔莫日格勒河

柴河十大弯

碧澈轻流

云雾蜿蜒

柴河秋野

斑斓梦幻

*一九九九年秋内蒙古呼伦贝尔扎兰屯柴河十

大弯

淡淡一朵云　悠游飘四季

世间无人知　我心在何地

九曲图腾

碧草幽幽
九曲图腾
乌拉盖河
蜿蜒入梦

　　*一九九九年秋内蒙古锡林郭勒盟东乌珠穆沁旗
乌拉盖河九曲湾

荒漠胡杨

荒漠日落
枯立胡杨
西风瑟瑟
月夜苍凉

*一九九九年秋内蒙古额济纳

人生朦胧

人生朦胧
一路狂奔
纯真善良
遗落红尘

无题

风撩窗纱
一弯秋月
惹我相思
心旌摇曳

淡淡一朵云　悠游飘四季
世间无人知　我心在何地

无题

孤独入眠
梦会恋人
依依醒来
子夜时分

霜降

清冽霜降
小鸟临窗
声声低鸣
若嗟思乡

过黄崖关

危危百丈崖
　山上有人家
苍鹰栖窗前
　屋顶荡烟霞

*一九九九年秋过天津蓟县黄崖关

赋诗

一抹淡斜阳
　恬恬入我窗
神游妙诗来
　轰然欣喜狂

秋望

湛湛碧空白云游
　野鸟低飞声啾啾
风摇金稻浪波涌
　万顷香飘无际秋

秦岭

入秋秦岭访仙人
　携琴清风穿松林
巉岩飞瀑落半山
　草屋隐隐遮烟云

淡淡一朵云　悠游飘四季
世间无人知　我心在何地

无题

西天涂青云
淡生月一轮
冥冥泛幽光
孤苦浸我心

头上划过流星

幽幽寂寂夜空
　林间依稀鸟鸣
倏然相思掠过
　头上划过流星

憔悴斜阳下

憔悴斜阳下
溪水空秋悲
零丁酿多情
流去几时回

故乡风

月明落花影
夜静鸟幽鸣
相思入我怀
心吹故乡风

无题

昨夜一场霜

四野秋草黄

烟云遮半山

故乡满心房

终南相会

霜降一秋寒

知友会终南

夕照古寺幽

磬音满空山

*二〇〇〇年秋陕西终南山

淡淡一朵云　悠游飘四季

世间无人知　我心在何地

一朵云

淡淡一朵云
　　悠游飘四季
世间无人知
　　我心在何地

　　*某秋日感怀

我有一个想象

我有一个想象
真切而满满期待的想象
一个难以想象的想象
如果有一天我去了月球
一天一天地生活
也历经黑夜　黎明　白昼　晚上
每当暗夜来临
看到地球大概也升起在东方
——灰丘黑岭　寒热起伏　无边的苍凉贫瘠
于月球某地的东山之上
啊，实在是难以想象
实在是真真切切地大可以想象

——全太阳系整个宇宙的唯一

——那一轮湛蓝硕大的梦幻之景徐徐映现在我的眼前

或是上弦

或是下弦

或一弯稍大的蛾眉

或是生出它最夺目的盈满

啊!

实在难以想象　实在难以想象……

那时候的我呀

我想最大的愿望就是给它——我们的地球

起上一个最最美丽的名字

——一个带给我惊悚万分　无比诱惑美丽的名字

让全世界的人们都喜欢!

*二〇〇三年夏青岛海上

淡淡一朵云　悠游飘四季

世间无人知　我心在何地

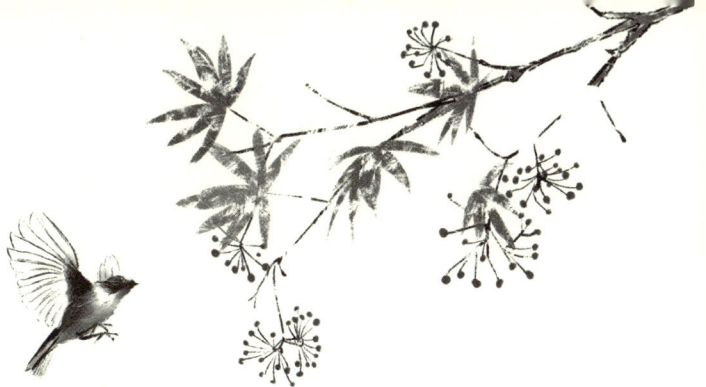

天风舞溪柳　摇落一身秋

凋零似我心　浮水任漂流

日升月起

日升月起

星无边

春水流去

荫浓绚花一片片

山凋零

心飘雪

一年又一年……

昨夜星辰昨夜风

昨夜星辰昨夜风

牵手梦幻痴多情

今随孤雁恋别去

残心焚尽残阳红

秋风知深意

秋山秋叶浓

送君赴远行

秋风知深意

瑟瑟诉别情

天风舞溪柳　摇落一身秋

凋零似我心　浮水任漂流

西风东去云

西风东去云
浓飘入黄昏
长天若长河
凄惘流我心

幽居

幽居草木深
山光水色纯
古寺啼啭鸟
禅意随流云

草庐

草庐徐徐风
清响涧淙淙
山花伴星闪
遥乡共月明

八百诗

黎明静悄悄

黎明静悄悄
啼啭有小鸟
惹我童荫趣
寻声欲问好

诉秋

坐对云霞坐
行随鸥鹭行
幽居荒野外
心天若梦境

坐对云霞坐
行随鸥鹭行
秋风奏心曲
萧瑟满林听

坐对云霞坐
行随鸥鹭行
心远思佳人
溪水送柔情

天风舞溪柳　摇落一身秋
凋零似我心　浮水任漂流

坐对云霞坐
行随鸥鹭行
微微秋雨落
冲然道气生

坐对云霞坐
行随鸥鹭行
悠悠动秋色
天地皆空灵

村野青青

村野青青
山坡牧羊
悠悠若云
咩咩草香

岭下

晴天和日
溪水绕村
牧羊岭下
静赏闲云

读杜甫

一屋清贫
寒夜童心
萦怀天下
万千悲悯

天风舞溪柳　摇落一身秋
凋零似我心　浮水任漂流

旖旎海滩

旖旎海滩
清波细浪
甜甜鸥语
若伊在旁

无题

星光——
岛上
寂寞——
海浪

徘徊——
空空
消磨——
过往

你

日
月
星
你

想一首当年的老歌

看看天空

看看云朵

看看——天空

看看——云朵

想你——

发呆

想一首当年的老歌

……

江湖泱泱

江湖泱泱

冷眼望穿

人心不古

淡漠了然

天风舞溪柳　摇落一身秋
凋零似我心　浮水任漂流

清秋望山

清秋望山
古寺钟起
碧空白云
飘飘来去

给予

神明给予
辛酸遭遇
内藏一份
甜美回忆

无题

枝头小鸟
临风顾盼
惹我心动
将伊思念

八百诗

霜夜幽梦

凄风霜夜
幽梦多许
每每飘雪
回家伴你

好酒

好酒入口
甘洌醇香
美哉美哉
若梦一场

自在

散散淡淡
带书上床
自在入夜
心若帝王

天风舞溪柳　摇落一身秋
凋零似我心　浮水任漂流

中秋凝月

中秋凝月
魂飘故乡
儿时欢乐
何等神往

心河寂流

秋山溪水
寒烟碧波
心河寂流
枯叶飘落

野鹿

薄雾丛林
透闪晨曦
涉水野鹿
悠悠来去

无题

访友浅醉
清秋湖畔
蓬屋窗外
残墙远山

无题

雪飘荒野
林鸟放歌
孤寂我心
悠悠唱和

天风舞溪柳　摇落一身秋
凋零似我心　浮水任漂流

雪

皑皑断崖雪飘飘
　层层叠叠重重高
壑谷幽幽盘玉树
　朔风萧萧舞妖娆

缥缈天外来

山林云雾浓
寂寂凝神听
缥缈天外来
磬音一声声

冬至

一日一日
冬至将至
有劳耐心
埋葬往事

一日一日
冬至将至
默有期待
新生向死

无题

人生无常
云走四季
一朝劫难
九天九地

寂寞生命

寂寞生命
踽踽独行
悠然日落
焚烬宁静

天风舞溪柳　摇落一身秋
凋零似我心　浮水任漂流

布列瑟农

狼嚎夜空
心旌摇动
一曲一曲
布列瑟农

暮色

无边暮色
凄灿不舍
天地颓然
心魂焚没

八百诗

西窗望月歌

沉沉的天幕啊
那一弯细细月儿呀
眼帘深情　俯视低垂

昏暗的大地啊
那连片连片的海水呀
处处闪映　回报迷醉

窗外的树　屋内的我
天地间那满是的多情物啊
伴着无尽的黄昏　漫漫的长夜和绵绵不绝无休不止的
相思
晕眩——
融化——
调和——
轻轻地滴落
看不分明了……

天风舞溪柳　摇落一身秋
凋零似我心　浮水任漂流

走一段不寻常的路

走一段不寻常的路
成功很好
当然必不可少
但我要说的是打击
是监狱
是人生真正的谷底

一生路一生的漫长
漫长路一步一步
这段路尽管短暂
仅仅一步几步
但它已足够漫长
也足够非比寻常
走过了不必多说
走过了自然懂得

受难　败挫
失去　无助
包括深深的情伤
种种难耐的痛苦
还有还有还有
很多很多很多
走过的不必多说

走过的自然懂得

不寻常看淡看清
不寻常快乐起步
忘却伤痛归零
再耕耘收获幸福
一生路一生的希望
希望路愈加富足
欣欣然回首人生
曾走过不寻常之路

漫漫人生旅途
有一段不寻常的路
走过了才会懂得
你走过你懂得
谁走过谁懂得
我说的当然也懂得

天风舞溪柳　摇落一身秋
凋零似我心　浮水任漂流

磨难

笑走磨难路
一程又一程
穿越生与死
悠悠我心轻

漫步

晨兴漫步
悠悠闲散
草径花开
溪水潺潺

午后漫步
悠悠闲散
风和日灼
慵慵懒懒

向晚漫步
悠悠闲散
夕照清幽
荡起秋千

夜来漫步

悠悠闲散
徜徉星光
恋人闪闪

炯炯

夜深月明
溪流淙淙
天地蓬勃
清风调情

夜深月明
溪流淙淙
天地无常
心光炯炯

夜深月明
溪流淙淙
天地沧桑
生命匆匆

夜深月明
溪流淙淙
悠悠天地
枯寂无终

天风舞溪柳　摇落一身秋
凋零似我心　浮水任漂流

骄傲吧骄傲吧

骄傲吧！骄傲吧！
古老遥远的回忆
挥去吧！挥去吧——
拖曳着疲惫不屈
归零吧！归零吧——
只留下头脑的锐利
新生吧！新生吧！
让锐利所向披靡……

八百诗

春曲

淅淅沥沥
春雨春曲
叽叽倏闪
双燕衔泥

小院

小院春寂寂
　青青惹我意
花开悄无声
　枝鸟乐晨曦

池沼

澄澈碧池沼
　悠悠摇水草
柔柳丝丝垂
　清波漾袅袅

天风舞溪柳　摇落一身秋
凋零似我心　浮水任漂流

可爱小柳叶鸟

翠杨绿柳鸣流莺
　枝枝叶叶舞风情
俏俏尤物轻点点
　倏忽一闪已无踪

小猫咪

窗下慵懒小精灵
　绵软伸展现轻盈
腾挪翻转戏飞蝶
　娇娇怜怜妙玲珑

忘机

翠峰巍峨秀
　入山空幽奇
香风百鸟欢
　怡然心忘机

梨

悠悠梨枝灿
　摇曳复摇曳
临坡心望痴
　漫野遍春雪

采茶吟

山村斜织雨
　溪响远迷离
翠红斗笠闪
　归来春茶女

栀子花开

幽幽夜幕苍
新月东山上
栀子花如雪
轻风馥馥香

蛙

炎炎六月夏
萋萋野草花
雨歇池塘满
呱呱乱鸣蛙

天风舞溪柳　摇落一身秋
凋零似我心　浮水任漂流

荷塘

粼粼春水漾清波
半塘澄碧半塘荷
煦煦天风吹日夜
一花一花开朵朵

幽望

幽居寂寂荒凉村
小院浓荫绿深深
涟漪轻漾舟上岸
鹭飞西霞入黄昏

晨晨光

沐晨光兮　神恍恍
天心起兮　懒洋洋

懒洋洋兮　迎朝阳
清风起兮　杨柳扬

杨柳扬兮　鸟语香

天心发兮　心徜徉

心徜徉兮　似水淌
慢悠悠兮　神飞扬

云飘飘兮　黄土黄
青山青兮　水长长

远方远兮　冥冥想
桃花渚兮　歌悠扬

高之巅兮　风铃响
空灵起兮　明光光

恍恍惚兮　惚惚恍
发天心兮　有神光

朝朝起兮　朝朝往
执天心兮　弘吉祥

天风舞溪柳　摇落一身秋
凋零似我心　浮水任漂流

蝉鸣

时间

在我的心里

不存在的

时候

想前想后

大约是在

早饭午饭之间的

某些个时候

我唯一确定的就是

这一定是今年夏日以来的

第一次

或者说

头一次

——西窗外幽幽的杨树林

传来了

一声响过一声的

蝉鸣

顿时

我和我的周围

专注而宁静

……

爱的世界

命运如绿叶一样
火热之后是寒冷的死亡
但你依然
在爱的世界里嘶鸣
用脆薄的蝉翼孜孜鼓掌

    *给秋水君

赤子之心

赤子之心
盖莫大焉
如有神谕
若有箴言

赤子之心
优雅洗练
静观忘我
诗意悠然

  *孟子云："大人者，不失其赤子之心。"

天风舞溪柳　摇落一身秋
凋零似我心　浮水任漂流

飓风

飓风雷霆暴雨
　闪闪狂扫大地
呼啸惊声如虎
　我心安然闲寂

迎呼红日

晨曦霞光彻彻
　海天色如琥珀
闪闪白鸥鸣飞
　迎呼红日赫赫

汲水

晨雾弥漫山谷
　鸟鸣高低处处
匆匆潭边汲水
　潺湲溪流止步

大天象

朵朵堆堆一天云
赫赫火烧涂抹金
海风荡荡狂扫起
万千变幻画诗神

怅惘

山冈满月静
寂寥徐徐风
缥缈恋歌袭
怅惘思幽情

天风舞溪柳　摇落一身秋
凋零似我心　浮水任漂流

星河灿烂

星河灿烂
炫目惊叹
悠悠亘古
梦幻诗篇

庆典

隆重夏季
绚烂庆典
太阳登基
万物表演

无题

神明太阳
天地之王
众生万物
莫不景仰

致李白

清足元气
质性淋漓
悠悠天成
生花妙笔

*传说李白少年时梦见笔头生花，从此才华横溢，名闻天下

八百诗

午后沉沦

午后沉沦
消磨游魂
静静徜徉
邂逅白云

茶酒

闲云绕窗
鸟鸣枝头
闻友将至
忙茶忙酒

兄弟相逢

有诗有酒
一任疯狂
兄弟相逢
地久天长

天风舞溪柳　摇落一身秋
凋零似我心　浮水任漂流

辗转午夜

寂寞相思
辗转午夜
幽窗悄来
一钩新月

暑热

炎炎暑热
倦怠枯坐
心心念念
风起雨落

大暑相思

大暑雨歇
思伊时候
窗外不停
咕咕斑鸠

秧上蝈蝈

秧上蝈蝈
相呼相鸣
悄移近前
没入草丛

无题

花丛草丛
晨露盈盈
蝴蝶飞来
蹦跳蝗虫

观云

四方云动
天马行空
悠悠我心
任驰苍穹

天风舞溪柳　摇落一身秋
凋零似我心　浮水任漂流

无题

溪旁老树
荫蔽茅屋
远山夕照
没入云雾

神雨

狂云腾翻
霹雳彻天
倾盆神雨
荡涤尘寰

石敢当

炸雷一声
魂惊魄动
庭有山石
闪闪从容

无题

飘飘云游
迢迢行脚
蓦然忽觉
满心空了

爱我爱你

一天乌云
飘散开去
神明太阳
爱我爱你

呷

一窗熏风
竹山细雨
呷口茗茶
淡远情怡

天风舞溪柳　摇落一身秋
凋零似我心　浮水任漂流

无题

激进恶行

万物临霜

和合善为

披泽阳光

逍遥

心轻乘风行

翩然若飞鸟

魂游任无凭

万境乐逍遥

*庄子于我

庄子渔父

世俗重重雾

圣贤拜渔夫

求真舟行远

妙道引迷途

庄子徐无鬼

悲夫十九种
履艰囊橐重
执着溺俗世
何来一身轻

*给L君

乡村之夜

徘徊乡村夜
幽幽飘虫鸣
枯枝兀立秋
静谧月色中

信天游

情爱满心头
赋吟一首首
任我翱翔飞
诗魂信天游

天风舞溪柳　摇落一身秋
凋零似我心　浮水任漂流

凋零

天风舞溪柳
摇落一身秋
凋零似我心
浮水任漂流

梅花俏

晨起满庭雪
皑皑锁寒忧
窗前一剪红
悄然俏枝头

除夕渡

酒尽残羹冷
夜深爆竹轻
孤独在除夕
怅然无所从

徘徊复徘徊
心头万念空

翘窗牵伊人

倏闪灿流星

未了未央

心未了

情未央

一别两无奈

孤寂

孤寂

孤寂里神伤

心未了

情未央

天幕一轮月

相知

相知

相知遥相望

心未了

情未央

相思两不知

不知

不知

天风舞溪柳　摇落一身秋

凋零似我心　浮水任漂流

朝夕任猜想

心未了
情未央
心有爱恋人
爱恋
爱恋
情系在远方

我选择停留　等你在那条小路上

梦中的人来了　随风伴在她左右……

等你

我选择停留
等你在那条小路上
梦中的人来了
随风伴在她左右……

山中花开

一溪清流水
　　蜿蜒载春来
蜂鸣蝶恋舞
　　山中花正开

传情

冬眠原野阔
　　春来恋云朵
东风默传情
　　飘然细雨落

我选择停留　等你在那条小路上
梦中的人来了　随风伴在她左右……

听雨眠

春绿入空山
　夜半听雨眠
悠悠甜相思
　惚恍水潺潺

吉祥圆月

吉祥圆月
甜美面庞
亲如恋人
醉我梦乡

吉祥圆月
遥遥恋人
爱她天多
闪若星辰

相识那一幕

相识那一幕
温情醉我心
匆匆君别去
潇洒若流云

下秧田

四野遍春绿
赤足下秧田
生命元气足
勃勃心光闪

陌上雨

濛濛陌上雨
春花艳迷离
醉到深深处
满满都是你

我选择停留　等你在那条小路上
梦中的人来了　随风伴在她左右……

- 173 -

玉兰朵朵

玉兰朵朵
绽放清纯
驻足不舍
若我恋人

破晓时分

破晓时分
希冀来临
万物静候
红日一吻

河边

行于河边
野鸟翩翩
苇遮小舟
忽漾眼前

新月入窗

新月入窗
皎皎若你
一夜如愿
斑斓梦里

娇芙蓉

莲叶翠生生
点水舞蜻蜓
蜜蜂回旋闹
半开娇芙蓉

花谢了

三月春花谢
细雨双燕飞
孤单君在远
问天几时回

我选择停留　等你在那条小路上
梦中的人来了　随风伴在她左右……

相思表情

天幕幽蓝
星斗璀璨
相思表情
月缺月圆

无题

思我恋人
迢迢千里
乘那祥云
飘然而去

缘来

天赐缘来
心随花开
且恋且惜
一生相爱

丘比特

神丘比特
击中你我
今生今世
沐浴爱河

痴狂

西风落叶
所向披靡
捎去我心
痴狂念你

狂泄

风雷奏乐
压倒一切
电光幕闪
情雨狂泄

我选择停留　等你在那条小路上
梦中的人来了　随风伴在她左右……

飞呀飞

困苦给我翅膀
飞呀飞向前方
世界因一个你
闪闪暗有光亮

枝头月

入夜相思浓
若星若秋风
伊若枝头月
柔光漫窗棂

遇得好诗歌

遇得好诗歌
字字与相亲
静读复吟哦
醉我若恋人

诗田半亩

诗田半亩
任自荒芜
转眼数载
花草处处

山中

山中一夜
推门遮雪
唤起童子
欢喜罗雀

漂

恋人久别
漂在他乡
悠悠相思
堪比海洋

我选择停留 等你在那条小路上
梦中的人来了 随风伴在她左右……

无题

浅斟慢酌
旧友献歌
一曲《是否》
忘情忘我

圣诞快乐

饥寒街头
雪飘寂寞
闪闪念伊
圣诞快乐

每夜每夜

漫天星月
时亮时灭
悠悠相思
每夜每夜

月牙

月牙夜色
掩埋寒星
孤独隐没
遥遥恋情

唱一曲哀婉的歌

唱一曲哀婉的歌
送给我挚爱的人
唱一曲哀婉的歌
送给我心跳的人
唱一曲哀婉的歌
送给我远方的人
唱一曲哀婉的歌
送给我心上的人
唱一曲哀婉的歌
送给我最亲爱的人
唱一曲哀婉的歌
送给我最惦念的人
唱一曲哀婉的歌
欲念已忘言……

我选择停留　等你在那条小路上
梦中的人来了　随风伴在她左右……

寻寻觅觅

西窗外
河对岸
在一排排发了芽的树枝上
寻找你

回落处
水面间
水波映光舞
海鸥飞起一行行
一行行……

地之上
路草边
天之遥
云高远
近近及远远……

寻寻觅觅
寻遍所有相遇——
何处？无处；
某处？
处处！

海

海啊——
蔚蓝
海啊——
浩瀚
白云伊人
踪影不见

曦霞

曦霞瑰红
旭日萌升
茫茫波海
万点金星

无题

日暮宁静
海浪低鸣
明月升起
漫天幽情

我选择停留　等你在那条小路上
梦中的人来了　随风伴在她左右……

无题

熠熠星光
照临头上
我有恋人
闪在心房

无题

赴远多年
一如从前
流光之舟
载满思念

放纸鸢

荒野翩然放纸鸢
飞鸟伴翔头上旋
我有佳人遥遥远
冥冥相思丝丝牵

旅

幽冥西窗朔风急
白杨入眠凋零雨
野鸭灰鸥乱纷飞
凄凄孤苦天涯旅

孤苦伤离别

寒霜清秋夜
孤苦伤离别
情思谁与共
殷勤穿窗月

无题

秋深日寒凉
远山遍红黄
归雁高天飞
思君情未央

我选择停留　等你在那条小路上
梦中的人来了　随风伴在她左右……

无题

清秋薄暮
雁过幽声
相思隔山
千里重重

无题

幽山友来
素月朗照
闲话清谈
共度良宵

樵山归来

樵山归来
村头歇脚
戏水艳女
乌发飘飘

小鹿小鹿

小鹿小鹿
娇怜我爱
满心草野
迎你进来

小鹿小鹿
娇怜我爱
若伊在心
寤寐萦怀

梦里

天女散花
盈盈若她
回眸见我
飘然而下

我选择停留　等你在那条小路上
梦中的人来了　随风伴在她左右……

流星灿坠

流星灿坠
神思遄飞
遥祝恋人
幸运相随

夜半梦断

夜半梦断
婆娑泪眼
相思相思
临窗月残

无题

一日一日
一片片纸
为伊写满
相思文字

流云小诗

含羞伏案
回眸一粲
醉了醉了
万般爱恋

*题宗白华先生"流云小诗"

品诗

寒夜围炉
浓茶一壶
知友品诗
月没日出

击穿我心

恋歌袭来
击穿我心
相思奔涌
泪沾衣襟

我选择停留 等你在那条小路上

梦中的人来了 随风伴在她左右……

无题

夜深有香
袅袅一缕
恋人在远
默将愿许

播撒星星

我有恋人
若天月明
上帝为她
播撒星星

轻柔幻想飘天上

轻柔幻想飘天上
牵手恋人生翅膀
比翼齐飞无涯际
爱在乐园住梦乡

梦遇

夜梦遇娥仙
漾舟银河闪
醒来星淡去
晓月正当帘

又立秋

今日又立秋
蝉噪满枝头
那年当此时
相别泪花流

复

相思一夜雨
残香碎满庭
相思复相思
犹似在梦中

我选择停留 等你在那条小路上
梦中的人来了 随风伴在她左右……

恍然

日落近黄昏
远寺出磬音
恍然初相遇
那年此良辰

相逢凄凉梦

佳人别多载
夕照山重重
孤独念孤独
相逢凄凉梦

无题

雪夜月出
吟咏诗书
幽香一缕
若伊伴读

约酒

友来约酒
风雪满袖
味之无穷
藏在心头

笑赦

西天幽蓝
一轮月圆
若我恋人
殷殷笑赦

*熹微晨光中看到了一轮优美的红月亮

我选择停留　等你在那条小路上
梦中的人来了　随风伴在她左右……

牵魂日子

牵魂日子忆甜蜜
　绵绵情思醇醇醴
忽闻佳人来奔我
　千斛迷醉梦幻里

妙多情

温柔夜色满天星
　野荷淡香月光明
飘飘恋人轻风来
　婀娜嫣笑妙多情

恋人远方来

恋人远方来
　甜柔一片海
我有千般苦
　欣喜飞天外

无题

曼妙佳人轻风舞
　千姿玲珑娇娇美
盈盈回眸脉脉情
　飘飘仙子柔如水

无题

恋人咯咯笑清响
　袅袅余音柔绕梁
惬惬我心光闪闪
　转眼窗前花飘香

缄默

恋人轻语
悦我心曲
缄默秋波
美妙无比

溪上水鸟

溪上水鸟
叽叽小调
振波轻飞
枝头欢跳

梦中的人来了　随风伴在她左右……
我选择停留　等你在那条小路上

过河

独木小舟
浮水过河
隔岸恋人
雀跃唤我

夜读

月下小屋
灯暖若橘
溪响窗前
夜读伴伊

雕像

静默恋人
伫望远方
凝我心中
天使雕像

萤火虫飞

水草萋萋
幽声寒蛩
萤虫轻飞
忽暗忽明

无题

小路两旁
小树默立
清风走过
沙沙对语

企

夜蓝星闪
窗暖橘黄
企我恋人
甜入梦乡

我选择停留 等你在那条小路上
梦中的人来了 随风伴在她左右……

深深爱之旅

情深深几许
夕照深秋雨
碧云秋雁深
深深爱之旅

*读纳兰性德《蝶恋花》（出塞）感怀

相恋一叶舟

远山红日落
幽湖漾金波
相恋一叶舟
佳人艳歌和

问

爱她多多
爱我几许
盈盈泪花
若答不语

诗笺

小小诗笺
短浅几行
浸我相思
情满泪淌

佳人赴远

佳人赴远
　春风暖

牵手相送
　江水岸

泪眼挥别
　痴不动

桨舟没入
　　白
　　云
　　边

我选择停留　等你在那条小路上
梦中的人来了　随风伴在她左右……

无题

淡远小舟
江上飘摇
牵魂伊去
涟涟泪祷

爱如清风

恋人闪眸
清纯娇羞
甜甜话语
爱我柔柔

恋人似水
潺潺溪流
爱如清风
伴我左右

童年的味道　甜甜的味道

香香的味道　青青田野奔跑的味道……

童年的味道

童年的味道
　　甜甜的味道
　　香香的味道
青青田野奔跑的味道
　　……

云

我喜欢云
正在走着的云
……
那里……
那里……
多么美妙的云！
啊，再看那里
……

童年的味道　甜甜的味道
香香的味道　青青田野奔跑的味道……

我也想

鱼儿游水里
悠悠游向远方……
看它们多好呀！
心里呀
其实我也想
……

鸟儿有翅膀
自由飞在天上……
看它们多好呀！
心里呀
其实我也想
……

它们都去哪里呢
那里会是啥地方
我呀
要是它们就好了
那我就要奔回家乡去
还要去许多许多心里梦里
向往的地方！

故乡故乡

故乡故乡
遥遥北方
星辰坠落
心魂闪光

故乡故乡
迢迢远方
祷佑归去
翘首企望

一池疏雨

一池疏雨
重重涟漪
岸上无事
蛙声乱起

童年的味道　甜甜的味道
香香的味道　青青田野奔跑的味道……

捉蜓

恬静乡里
送走急雨
童子捉蜓
一街喧喜

啊童年

昨夜一场梦
故乡童年景
母亲伫村头
唤我儿时名

暖暖夏令来

暖暖夏令来
漫野花盛开
多情日落迟
蜂蝶忙恋爱

发小儿

儿时一幕幕
太多好可爱
发小话当年
昨日不再来

杨柳飞

春来杨柳飞
若雪过河去
岸上几童子
争捉欢嬉戏

白露夜

露从今夜白
思乡不成眠
惆怅观月色
清凉落窗前

童年的味道 甜甜的味道
香香的味道 青青田野奔跑的味道……

彩虹彩虹

"彩虹彩虹"
看那孩童
惊奇雀跃
瞪大眼睛

世界摇晃

风雨小鸟
枝头歌唱
浑然不觉
世界摇晃

无题

苦热悠长
夏暑时节
赤身童子
自在狂野

天趣

嬉戏嬉戏

日升月起

忘乎童年

幕幕梦里

致金子美铃

飞跃苦难

飞跃荒诞

心灵魔法

会心赞叹

*读日本金子美铃童谣诗感怀

晨风摇曳

晨风摇曳

清香野花

溪上鸭子

叫声呱呱

童年的味道　甜甜的味道　香香的味道　青青田野奔跑的味道……

戏莲

鱼儿戏莲
清波闪转
沉入浅出
幽草悠然

村晓

山村寂静
报晓鸡鸣
窗花吹开
霜雾濛濛

窗外大雪

窗外大雪
纷纷扬扬
小女诵诗
一屋鹅塘

芳邻

娇柔清纯
恬静芳邻
淡淡来去
闪转牵魂

可爱的小河

山里的小河
崎岖闪转清响
流呀流……
一路纵情欢歌

淙淙出了深山
迂回又蜿蜒
流呀流……
一路荡漾着清波

小河好可爱
小河静静流
闪闪鱼鸟相伴
农夫正忙在绿田……

童年的味道　甜甜的味道
香香的味道　青青田野奔跑的味道……

流呀流

流呀流

流得多可爱

粼粼晶莹的小河！

小河恣流向前

一路奔向大海……

小河流进了我心

悠悠可爱的小河！

*感怀河北唐山故乡之还乡河

小桥

小桥

　田景

山影

　云淡

潺潺

　风轻

野水
　　野草
野鸟

　　天地
悠悠
　　空灵

看瓜人

秋凉绿深深
　　丰熟遍藏金
高棚说天下
　　悠然看瓜人

柴门外

老树影婆娑
　　溪鸟语相和
闲坐柴门外
　　芦花闪秋色

童年的味道　甜甜的味道
香香的味道　青青田野奔跑的味道……

无题

徘徊芳草径
　碧水映芦花
夕照鱼戏飞
　野鸭声嘎嘎

垄上

垄上蹚晨露
　禾田散轻雾
枝鸟脆声声
　唤我入画图

心随春水

小舟
　缓缓
泛绿荫

　幽幽
渔歌
　唤童心

心随
　春水
一路去

　　淡淡
乡愁
　　爱
　　纯
　　纯

幽灵

淡淡流云点点星
　　萋萋野草凉凉风
冷光月影夺人魄
　　幽灵卧牛刍嚼声

　　　　*一九九五年夏澳大利亚乡村印象

童年的味道　甜甜的味道
香香的味道　青青田野奔跑的味道……

重阳

秋山
重阳
碧空朗朗
吉祥日月重光

秋水
重阳
碧空澈澈
一朵白云轻扬

飘飘来去
天地吉祥
我心激情闪光

魂飞恋人
魂飞远方
魂飞万里故乡

魂飞恋人
魂飞远方
悠悠天地无疆……

于我

任我挥洒表达
心灵自由的天地
但有一个特殊
一块特别的领域
于我
她天下唯一
圣洁晶莹
过往日夜多少年
一直不曾触碰
她——就是我亲爱的母亲！

母亲伴我
在这个世界多年
母亲已离开我
到了天堂世界多年
从来不需要想起
永远也不会忘记
天佑
母亲
天佑
天下人的母亲！

童年的味道　甜甜的味道
香香的味道　青青田野奔跑的味道……

*二〇〇七年深秋于新加坡

天下伊人

天下伊人
亲亲母亲
爱我天多
爱你深深

无题

新世界
有父母
生活美
有来处

父母去
命中苦
换世界
入归途

两世界
两条路
个中味
且打住

夤夜

夤夜在秋雨声声
白杨入眠任凋零
寸寸寒来无多日
万般小虫纷纷鸣

　　　　*给HG君

自由的旗帜

自由旗帜破碎
依然高高飘扬
浩气雷霆暴雨
迎风赫赫激荡

　　　　*给英国诗人拜伦先生

童年的味道　甜甜的味道
香香的味道　青青田野奔跑的味道……

火山岛

火山岛孤寂荒废
好一堆高高骨灰
自由魂飘荡四野
天地悠任去任回

*给拜伦先生

飞

银跃冲天穹
朗朗飞碧空
惊闪穿云壑
迷蒙山河清

*写于法国戴高乐机场

咖苑

寂寞咖苑
丽人倏闪
嫣然一笑
阳光灿灿

*荷兰阿姆斯特丹一咖啡厅印象

无题

一堂清冷
轻闪艳影
浅浅梨窝
翩若惊鸿

童年的味道　甜甜的味道
香香的味道　青青田野奔跑的味道……

无题

激越无畏
笔走风雷
惊骇世心
震俗策飞

　　*读尼采诗作

尼采

哲学之诗
音乐之诗
生命灿灿
舞之蹈之

楼

仰楼霓虹
灿耸天穹
客如云来
万丈融融

*阿联酋迪拜阿里法印象

沙漏连连

沙漏连连
思念绵绵
放眼流云
随风飘散

霜雀

啾啾小鸟飞
相鸣相伴随
唤来寒霜降
一路向南追

童年的味道　甜甜的味道
香香的味道　青青田野奔跑的味道……

- 223 -

红日穿云空

红日穿云空
朦胧复朦胧
寸寸惊呼美
满满诗意浓

秋日暖阳

到不了的地方叫远方
回不去的地方叫故乡
　　远方的小路
　　远方的小屋
远方微波闪闪那片片的池塘
　　忘不了
忘不了那秋日的暖阳

到不了的地方叫远方
回不去的地方叫故乡
　　远方的青青草
　　远方的飞翔鸟
远方那顽强的无言树毕竟日日都在生长
　　忘不了
忘不了那秋日的暖阳

到不了的地方叫远方

回不去的地方叫故乡

　　远方的山路弯

　　远方的金沙滩

远方那绿荫虚掩波涛滚滚的广阔海洋

　　忘不了

　　忘不了那秋日的暖阳

到不了的地方叫远方

回不去的地方叫故乡

　　远方的街市

　　远方的节日

远方那细雨濛濛闲暇午后的苦咖啡香

　　忘不了

　　忘不了那秋日的暖阳

到不了的地方叫远方

回不去的地方叫故乡

　　远方那开满野花的人工岛

　　远方那座连接小岛的石拱桥

　　还有那飞车过桥激扬起大片大片水花　片刻间生出的

大大欢笑

　　忘不了

　　忘不了那秋日的暖阳

童年的味道　甜甜的味道

香香的味道　青青田野奔跑的味道……

到不了的地方叫远方
回不去的地方叫故乡
　远方的约会
　远方的餐露
远方那刚刚好在一起感动中的每处每处
　忘不了
忘不了那秋日的暖阳

到不了的地方叫远方
回不去的地方叫故乡
　远方的月亮
　远方的星光
远方那无数无数诗意闪闪心心相伴的向晚昏黄
　忘不了
忘不了那秋日的暖阳

到不了的地方叫远方
回不去的地方叫故乡
　远方陌生的天地
　远方多多的想象
还有那更远更远的远方
　忘不了
忘不了那早已驻在心田了的秋日暖阳

诗之花

璀璨诗之花
圣洁妙优雅
寂寞开心房
朗朗飞彩霞

无题

东有小鸟鸣
西有小鸟鸣
我身在南隅
北鸟有谁听

立秋当头雨

立秋当头雨
漫天燕嬉戏
高飞可还乡
孤独思故里

童年的味道　甜甜的味道
香香的味道　青青田野奔跑的味道……

自由鸟

轻飞自由鸟
啼声随云飘
求友入我心
啾啾在问好

红蜻蜓

只只红蜻蜓
轻悠戏飞舞
款款倏回转
昂首又急逐

南湖

岸柳散轻雾
晨鸟啼幽湖
小舟漾桥去
春山若有无

*故乡河北唐山南湖之春

祖居

深宅旧梦
檐飞云影
出门山远
千重万重

滦河印象

浩茫荒野
匍匐寂静
蜿蜒慵懒
大河向东

*故乡河北唐山滦河

童年的味道　甜甜的味道
香香的味道　青青田野奔跑的味道……

一杯清茶

一杯清茶
静坐闲观
乘上流云
飘飘遥远

萌萌童心

萌萌童心
笑语殷殷
天真烂漫
至爱至纯

远方之水

远方之水
恋影柔波
梦回学子
青春走过

学子

菁菁校园
莘莘学子
青春之恋
心生心死

无题

回望青春
悠悠竞渡
记忆远去
怅然凝固

回去回不去

童年故乡
痴心怀想
故乡童年
切切不忘

高高云端

高高云端
轻飞秋雁
幽声传来
唤我家还

童年的味道　甜甜的味道
香香的味道　青青田野奔跑的味道……

南乡

雁过秋山
急匆幽语
飞还南乡
遥远天际

又入深秋

又入深秋
西风低吼
飞旋枯叶
漫天乡愁

无题

河流远去
默奔梓里
带去秋寒
祷祝千里

童话

童话童话
神奇魔法
上帝乐园
天真留下

无题

娇女萌萌
天心顽童
一幕一幕
梦中小影

童年的味道　甜甜的味道
香香的味道　青青田野奔跑的味道……

无题

片片雪花
飘落窗前
轻轻唤我
回家过年

蛊惑

皑皑山野
闻梅傲霜
蛊惑之梦
魂飞神往

一朝一夕

一朝春
一夕秋
春花谢
秋叶愁

一冬夜
一夏昼
暑寒长
彻心头

天悠悠
地悠悠
四季过
清风走

情悠悠
意悠悠
随清风
若云游

童年的味道　甜甜的味道
香香的味道　青青田野奔跑的味道……

一首老歌　消退如我

残残余烬　滴血星火

沧桑

秋风萧瑟
草木摇落
日消夜长
残阳赫赫
郁郁悲思
畅快放歌
沧桑人生
诗意多多

一首老歌　消退如我
残残余烬　滴血星火

浮云洋洋

浮云洋洋
西去遑遑
遥思恋人
心野无疆

凝望

凝望窗外
茫茫云海
佳人在远
痴盼归来

夜雨

秋来夜雨
轻轻哭泣
不绝相思
袭落心底

秋风飞驰

秋风飞驰
落叶飘逝
昔日恋人
两不相知

无题

沉沉暮雨
相思孤寂
长夜辗转
残烛默泣

寻

遥遥相思
花影窗疏
佳人何寻
梦中云处

立冬晓月

立冬晓月
细细一弯
远别恋人
相思满天

一首老歌　消退如我
残残余烬　滴血星火

印冬

白杨枯黄
乱风敲窗
凋叶满地
枝头残妆

听雪

冬夜听雪
天地荒凉
悠悠相思
一世别殇

无题

悠长冬日
凄凉赋诗
残月荒雪
突兀枯枝

无题

皎皎明月
清辉映雪
依稀梦景
恋人独缺

无题

弥望枯黄
充耳萧瑟
满山岁月
纷纷飘落

一首老歌　消退如我
残残余烬　滴血星火

落花悄无声

落花悄无声
　旧梦别情浓
帏纱幽凉月
　夜半起风铃

街头

街头徘徊人
　悠悠彷徨心
急煞伊未现
　落寞满黄昏

情人节

一杯寂寞酒
　烈烈烧心头
佳节恋歌袭
　相思伴泪流

晨雪

推门惊晨雪
　碧空云纷纷
举步奔梅香
　银痕雀爪文

八百诗

入诗

相思难耐时
　　写你入我诗
泪涌浸满心
　　生死滴落纸

独守

星月惨淡风露凉
寂寞独守苦咖啡
佳人远去音讯疏
一寸相思一寸灰

一首老歌　消退如我
残残余烬　滴血星火

等等等

等等等
闪闪星
等等等
亮晶晶
等等等
四野青
等等等

雾蒙蒙

等等等

眨眼睛

等等等

心头空

等等等

寂无终

等等等

还有梦

等等等

……

天地轰鸣

痴心爱恋

忽来绝别

天地轰鸣

幻梦幻灭

玫瑰凋零

玫瑰凋零
滴绝香露
恋情重重
爱恨歌哭

诀别

恋人诀别
焚心彷徨
梦中惊觉
惴惴惝恍

一首老歌　消退如我
残残余烬　滴血星火

无题

一春柔情
若花凋零
挥别相思
泪葬残红

遗憾

一生之缘
痴情爱恋
焚心无奈
空留遗憾

刀刻记忆

爱恋无果
徒留叹息
幕幕昨日
刀刻记忆

青春逝去

故纸旧书
青春逝去
心底恋人
永绝消息

八百诗

无题

时光对峙天地
　天地对峙荒凉
荒凉浸满我心
　心魂寂寞迷茫

无题

流云悠然闲聚
　水浪嬉笑低语
忽来雷霆震怒
　闪闪漫天泪雨

无题

习习微风湖畔
　碧草清香弥漫
流光恋人伴我
　今叹踪影杳然

一首老歌　消退如我
残残余烬　滴血星火

夜

寂爽黑夜
孤独解脱
忧魂放纵
遥星闪烁

苦行

悠悠往日
情爱情痴
伊人飘去
苦行砺石

放怀放歌

痴情一曲
放怀放歌
若梦初觉
片时片刻

天书

清风拂拂
柳絮飘忽
女人心思
一本天书

天外有星

天外有星
倏闪若雨
伊人心念
遥不可及

一首老歌　消退如我
残残余烬　滴血星火

无题

相思落只
飘去伊人
煦风南来
拂我凄心

无题

田旷荒芜
孤独树枯
乌啼落日
如泣如诉

眼睛

深幽暗夜
嵌有眼睛
上帝世界
星闪炯炯

掠

碧海碧空
闪闪帆影
秋山远黛
心掠鸟鸣

忆

一弯清浅
秋波粲闪
悠悠历载
野塘曦烟

白鸥悠悠

白鸥悠悠
来往沙洲
喧影若市
翩翩空流

一首老歌　消退如我
残残余烬　滴血星火

无题

凄凄秋夜
幽鸣促织
一息流连
化爱成诗

耕耘

心田默耕耘
成诗绚缤纷
篇篇若花朵
赠予有缘人

痴痴一段情

痴痴一段情
春夏无秋季
心田绚烂花
雨打风吹去

片片飘零雨

相遇已过去
甜蜜成回忆
——化诗文
片片飘零雨

返

孤苦入梦甜
伴她似从前
落花回枝头
流光返经年

一首老歌　消退如我
残残余烬　滴血星火

寻梦

人生一路过
匆匆又忙碌
上天解我意
赐我以"单独"

我性本天然
心根在自然
生来喜热闹
也自爱独处

今日得美书
往事历历目
引我入康河
再触到"单独"

"啊，那些清晨，那些黄昏，我一个人发痴似的在康桥！绝对的单独。"

君为一天人
天心如我心
单独耐寻味
发现爱之"真"

从小思到今
爱是我本真
无论风和雨
保管一颗心

君视爱神圣
爱是我生命
灵魂深深处
分享共"单独"

"啊！我那时甜蜜中单独，那时甜蜜的闲暇。一晚又一晚的……"

单单一个她
独独一个我
妙有同心曲
一幕又一幕

思到情深处
念到迷醉处.
"单独"有真意
独一有二呼

分享康河语
相约康桥读

一首老歌　消退如我
残残余烬　滴血星火

冥冥深深意
生生无言树

"春！你那快活的灵魂也仿佛在那里回响。"

而今我单独
寥寥无人处
茫茫荒野外
凄凄朔风舞

一天一"单独"
情思甜甜苦
四野水平平
高高明月孤

"有的是闲暇"
"有的是自由"
"单独"有机会
绝对的"单独"

啊，那些清晨，那些黄昏，我一个人发痴似的在"这里"——胸中翻滚着在这个世界上仅属于我个人的盈心蜜意——"绝对的单独"！

"轻轻地我走了
　正如我轻轻地来
　我轻轻地招手
　作别西天的云彩"

"我不知道风
　是在哪一个方向吹——
　我是在梦中
　在梦的轻波里依洄"
"我是在梦中
　她的温存　我的迷醉"
"甜美是梦里的光辉"
"我是在梦中
　她的负心　我的伤悲"
"在梦的悲哀里心碎"

"悄悄地我走了
　正如我悄悄地来
　我挥一挥衣袖
　不带走一片云彩"

一首老歌　消退如我
残残余烬　滴血星火

　　*徐志摩先生我大喜爱，他的作品，尤其是"我所知道的康桥"等有关康桥之文我更是大大地喜爱。今日拿到他的游记《巴黎的鳞爪》一书再次品读，深深感怀之

海外

海上寂焚残阳
映我踽踽惆怅
众鸥逐浪欢舞
魂飞万里故乡

*一九九七年秋荷兰鹿特丹海边

秋江远方来

秋江远方来
孤寂东流去
残阳落故乡
万里梦依依

白云千里

天高路遥秋日长
野草萋萋晚风凉
白云悠游日千里
入梦缥缈回故乡

无题

午夜万籁静
幽幽促织鸣
荒野八百里
情思谁与共

诗禽

晨眠听雨落
清响出蕉荫
黄莺啼哢唱
诗禽娇吟吟

一首老歌　消退如我
残残余烬　滴血星火

渔村

渔村连野市
熙攘往来间
船船河岸急
又见点点帆

天人

秋雨入黄昏
小舟泊水村
飘飘花纸伞
没去若天人

无题

青青溪水柳
绵延连远山
恍若故乡来
依依思不断

殷勤看月亮

殷勤看月亮
回忆若清光
甜柔思往昔
缕缕浸忧伤

缘

渐悟也好
顿悟也好
白云飘飘
缘来缘了

无题

青山远黛
白云空流
溪鸟幽鸣
朗朗清秋

野水望沙洲

野水望沙洲
幽鸣翩翩鸥
西天落日迟
闪闪芦荻秋

一首老歌　消退如我
残残余烬　滴血星火

云天赋诗

狂风闪雷鸣
惊涛舞从容
云天赋新诗
雨霁晚霞红

啊青春

暮恋海岸
情焚醉眩
遥遥星斗
青春梦幻

啊爱情

夜幽海岸
恋闪星光
依依呢喃
水浪清响

啊甜蜜

暮霭湖畔
温馨醉恋
咕咕鸽子
蝶花幽闪

月食

皎皎月一轮
　清辉悄蚀尽
窗前肝肠断
　粗犷相思人

*遇罕见月食天象

一首老歌　消退如我
残残余烬　滴血星火

最

世人伊最亲
　转眼入烟云
万念头不回
　爱情好残忍

金木水火土

世界看得清
　　金木水火土
爱她一个人
　　心里还遮雾

无题

苦恋十几载
　　无边若芳草
一朝云鬓改
　　忽觉相思老

一首老歌

一首老歌
消退如我
残残余烬
滴血星火

八百诗

空古遗踪

月泛夜冥
神灵爱灯
枯心湮没
空古遗踪

一叶菩提

我静静地
望着一群沙尼
围着佛祖
讲述那世间的缘灭缘起

春光春心
绚漫夏季
摇曳摇曳
醉入梦里

风来了
那秋的风
无情无情
吹落了心
让我飘飘流浪在大地

一首老歌　消退如我
残残余烬　滴血星火

啊
枯黄不死遍地飞旋的
片片心魂呀
我要随你们一起
一起等待那寒冬雪的到来
等待她将我化作春泥
去轮回前世今生里的
美丽记忆！

半生追逐　过往如风

半生逍遥　一弯彩虹

嘀嗒

嘀嗒雨滴

嘀嗒音律

嘀嗒吟诗

嘀嗒共语

*二〇〇八年某秋雨日午后

天地悠悠

天地悠悠

一派苍茫

春生夏长

秋收冬藏

大千世界

熙来攘往

五光十色

我居一方

天之一隅

如有神光

日复一日

半生追逐　过往如风

半生逍遥　一弯彩虹

闪闪亮亮

渺渺之我
任心徜徉
轻轻落下
浅浅诗行

半生

半生追逐
过往如风
半生逍遥
一弯彩虹

红尘一路过

红尘一路过
　策马吟高歌
历历皆浮云
　岁月空蹉跎

归

小村溪水边
　悠悠漫步闲
江湖风雨过
　闪转归田园

听雪听花开

禅林乱事外
　梵呗妙传来
悠悠心入定
　听雪听花开

山窗

闲眺溪林响
　云缓日暮迟
悠然渔又樵
　山窗风月诗

半生追逐　过往如风
半生逍遥　一弯彩虹

畅

日月星闪光
　　青春欢歌响
年华飞逝去
　　风流一生畅

诗作侣

海天茫无际
　　孤帆遥遥去
牵挂了无痕
　　唯有诗作侣

熹

幽幽清光来
　　妙意入我怀
一窗欢喜心
　　神飞幻游海

在这个世界慢慢地行走

在这个世界慢慢地行走

　　一日一日

　　来日去日

每一天都是自己心头的日子

一寸一寸的都有意思

清静为天下正

安闲乃人生至境

　　人天妙合

　　云淡风轻

在这个世界慢慢地行走

　　复归童真

　　少年青春

　　心间无限清新

在这个世界慢慢地行走

　　一日一日

　　来日去日

每一天都是自己心头的日子

一寸一寸的都有意思

清静为天下正

安闲乃人生至境

　　人天妙合

　　云淡风轻

在这个世界慢慢地行走

半生追逐　过往如风

半生逍遥　一弯彩虹

复归童真

少年青春

心间无限清新

在这个世界慢慢地行走

一日一日

来日去日

……

天宇之魂

夜蓝星闪

疏疏朗朗

天宇之魂

潜道幽光

诗以弦歌

悠悠天地

万物相和

将心予心

诗以弦歌

挥手作别

清秋晨月
苍凉荒野
一世情殇
挥手作别

无题

一夜大雪
银闪四野
远寺钟鸣
袅袅不绝

半生追逐　过往如风
半生逍遥　一弯彩虹

神殿

灿阳西沉
神殿神灵
敬穆黄昏
祈祷安宁

无题

赫穆神殿

悠悠圣歌

心魂轻飞

飘向天国

纪伯伦

美妙至极

圣爱先知

纪伯伦呦

上帝之子

洗

心入碧空

白云若洗

闪落溪流

潺潺远去

来去

纵横若神

江湖驰奔

仙然归山

白云深深

*给CL君

半生追逐　过往如风

半生逍遥　一弯彩虹

访

漏窗竹青

鸟啼声声

进得门来

春色满庭

阅书阅古

阅书阅古

喜怒乐悲

你云我云

闲是闲非

抱朴

抱朴诗经
晨吟以学
幽香一缕
袅袅不绝

高山流水

伯牙子期
荡气相望
高山流水
千古绝唱

战国

悠悠七国
风云捭阖
强秦一曲
四海轻波

小小天井

小小天井
天光云影
日绿春夏
月移秋冬

无题

激情约会
绚烂时日
青春之河
涛涛而逝

成吉思汗

魂发草原
驰荡空前
一代天骄
成吉思汗

半生追逐　过往如风
半生逍遥　一弯彩虹

无题

江湖风霜
淡淡吹过
归隐乡里
陶陶自乐

无题

前尘往事
一缕轻烟
春雨润草
绿满眼前

无题

春柳婆娑
马蹄得得
君归故里
溪响放歌

炊烟

炊烟炊烟
袅袅入天
心魂心魂
飘别尘寰

致敬沧桑

悠悠往事
磨难时光
唏嘘不已
致敬沧桑

半生追逐　过往如风
半生逍遥　一弯彩虹

匆匆天命

一路风雨
匆匆天命
人生百味
不虚此行

朝山

朝山敬香
路野清宁
伴鸟归来
啼啭空灵

一派春光

烟霞远山夕阳
　小舟白鹭澄江
木草青青于野
　放眼一派春光

心田诗人舞蹈

风吻柔柳袅袅
　哗哗清溪欢笑
蜂蝶花野戏春
　心田诗人舞蹈

无题

鸟啼春光早晨

　漫山翠鲜清新

香梦酣畅醒来

　心若飘飘闲云

天光光

天光光

亮光光

照大地

明光光

天光光

明光光

映我心

闪闪光

水闪光

树闪光

青草青

黄土黄

半生追逐　过往如风
半生逍遥　一弯彩虹

闪闪光
闪闪亮
日月随
逐无疆

安然

成败得失心安然
　低若尘埃无增减
跃马高歌轻离去
　今生注定不平凡

八百诗

野塘野荷香

野塘野荷香
　芦草蛙悠扬
蜻蜓款款飞
　炎炎夏日长

万朵云

悠悠我心魂
　　化作万朵云
无边任来往
　　美丽处处寻

向晚

清风野草花
　　河畔凫嘎嘎
向晚空寂寞
　　相伴有烟霞

半生追逐　过往如风
半生逍遥　一弯彩虹

风月

幽居草木深
　　一弯溪水吟
风月入诗怀
　　野鹤闲云心

赴

沧海茫无际
　轻舟赴远程
心随流云去
　夕阳一天红

海蓝云天阔

心灵无羁绊
　诗魂有翅膀
海蓝云天阔
　翩翩自由翔

翠岛

翠岛欲临峰
夕照步匆匆
半山古寺香
悠然梵呗声

　　　　*记浙江普陀山

八百诗

香风拂古寺

空山白云低
野鸟清音啼
香风拂古寺
袅袅碧烟起

访灵泉

神秀妙幽山
仙客访灵泉
一秋翠红黄
危崖多潺潺

*记浙江温州雁荡山

半生追逐　过往如风
半生逍遥　一弯彩虹

祈祷

仙山云雾缭绕
峰巅夕照燃烧
漫穹红霞飞火
天佑神坛祈祷

*黄山秋日偶遇

黄山幻境

山巅赫日升
云海腾翻涌
万彩绚烂奇
天地入幻境

*记黄山日出胜境

黄山云海

奇幽黄山
万壑飞烟
惊绝叹美
梦幻连连

潼关

紫气潼关
老聃留经
悠悠西去
孤绝背影

藏歌

藏歌悠悠
牛羊云走
皑皑雪山
溪绕碧洲

半生追逐　过往如风
半生逍遥　一弯彩虹

无题

草枯云惨
雪峰连绵
情丝万缕
泪襟潸潸

*青海日月山追怀文成公主入藏

倒淌河

一泓清冽
碧澈悠悠
倒淌河水
滴滴泪流

*青海倒淌河追怀文成公主入藏

梵宫

赫穆梵宫
高山之上
遍野经幡
猎猎飘荡

*西藏印象

冈仁波齐

雄浑赫赫
美幻之极
神山神山
冈仁波齐

半生追逐　过往如风
半生逍遥　一弯彩虹

无题

孤独流云
飘飘我心
高原碧湖
亲如恋人

*记西藏纳木错湖

巅

佛光闪闪
须弥山巅
梵音袅袅
弥漫九天

无常

葬泥花朵
悄然开合
生命绚烂
无常你我

呼唤

生命已倦
枯黄爱恋
梵音袅袅
诸佛呼唤

一袭袈裟

一袭袈裟
静守月下
悠悠梵音
雪开莲花

半生追逐　过往如风
半生逍遥　一弯彩虹

西藏风

风啊
天国的风
吹吧吹吧吹吧
云
洒落了雨
悠然自在
我

遗落了你
心无挂碍
恋人呀
我古老唯一的恋人
千百万年的离去
这飞旋离去飞旋又来空落落的世界呀
从此多出了一个飘飘无定自由自在的
孤魂！

佛号

静穆旷秋光
神山映暖阳
塔颠绕祥云
佛号彻天响

*记西藏日喀则

贡嘎夏珠林寺

幻梦一天云
贡嘎夏珠林
悠悠山之南
雅鲁藏布神

*记西藏山南贡嘎夏珠林寺

庙会

远寺逢庙会
熙攘出清音
磬钟佛号鼓
幽幽妙入神

*青海印象

半生追逐 过往如风
半生逍遥 一弯彩虹

- 297 -

高原

碧湖青草白云
雪山梦幻梵魂
心头恋影千重
情迷高原深深

*青海印象

西海

西海绕峨峰
镜湖映碧空
漫天鸣飞鸟
泛舟云上行

*西海为青海湖古称

错高湖

碧空白云闲
翠湖映雪山
经幡飘五彩
虔虔鸟鸣旋

*西藏林芝错高湖

山路别

秋凉寺钟鸣
壮心君远行
夕照山路别
静穆默诵经

无题

前路迢迢远
送君肝肠断
挥手西天云
夕阳重重山

半生追逐 过往如风
半生逍遥 一弯彩虹

灿若梦云

雪峰隐隐
夕映草茵
羊群涉溪
灿若梦云

＊青海河源

圣地

巍峨巍峨
珠穆朗玛
磅礴磅礴
喜马拉雅

天神之家
珠穆朗玛
赫赫圣地
喜马拉雅

无题

秋暝山路行

冷月挂枯影

远寺幽光闪

妙钟一声声

乐天

茫茫宇宙蓝色星

　悠悠岁月有我行

心光朗耀天地随

　大千世界乐从容

*我们的地球在已知宇宙中是唯一蓝色的一颗

半生追逐　过往如风

半生逍遥　一弯彩虹

飞临北京

高天盘旋观夜色

　茫茫灯海映星河

飞临煊赫北京城

　魂归泱泱大中国

云河

明月泛云河

　安闲一片天

变幻妙穿行

　悠然化诗篇

大家的北京城

巨阵森闪

飘飘幽魂

魅风来去

灿花迷神

屏光闪闪

万家灯火
壁如铁隔
屏光闪闪
满城寂寞

寒冬北漂

寒冬北漂
临雪漫天
念伊念家
心生温暖

无题

漂漂于北
处处低微
拒绝苟且
灿梦相随

半生追逐　过往如风
半生逍遥　一弯彩虹

猎人

熙来攘往
冷漠猎人
名利出没
都市丛林

无题

行色匆匆
若虫若龙
蜗居蚁族
飘在北京

红尘遗书

红尘遗书
痴狂屡屡
情殇故事
千载万里

无题

清幽湖畔
萦怀旧梦
斯人已去
薄暮薄情

镰

暮色幽湖
一抹远山
旧爱旧地
残月如镰

半生追逐　过往如风
半生逍遥　一弯彩虹

故地重游

故地重游
旧友骋怀
尘封往事
扑面而来

残夜

别无行踪
梦中相逢
残夜思念
飒飒竹声

无题

风清月白
云似徘徊
伊人若何
回心归来

恋舍难休

伤心无数
相思依旧
惊奇多年
恋舍难休

夜谈

剪烛夜谈
吟哦诗篇
风云日月
花落梦幻

古琴曲

高山复流水
　古风心韵空
质性出天然
　自在道自通

半生追逐　过往如风
半生逍遥　一弯彩虹

宴客

徐徐拂晓风
　夜宴乐融融
客别香散去
　幽幽促织鸣

转眼

功名利禄好
　　求高再求高
一朝天风起
　　转眼浮云消

荒古寺

清幽荒古寺
　　露草掩山径
空如野鸟来
　　叩响妙晨钟

*北京郊游偶遇

曾经的孤独

致敬岁月
非凡之路
默默伟大
心灵独处

二月春来早

二月春来早
　　晨曦啼啭鸟
枝草嫩芽发
　　日子静安好

春心若我心　春送天下人

杏花雨软
啼鸟溪烟
鲜姿风柔
轻灵光艳

半生追逐　过往如风
半生逍遥　一弯彩虹

无题

春河柳绿
簌簌风起
若我恋人
悄声细语

无题

濛濛柔春雨
　那年初相遇
世界何其大
　我曾爱过你

依稀有神灵

万籁杳无声
　定息冥心听
幽幽妙磬音
　依稀有神灵

春梦

朦胧曲幽小径
　飘来佳人倩影
清风飞扬长发
　拂醒寂静春梦

惊现

西窗杏子红
　碧远峰连峰
惊现佳人来
　万里梦中梦

伊若天使

青春之锦
玉梭飞穿
伊若天使
悄来眼前

半生追逐　过往如风
半生逍遥　一弯彩虹

无题

寂寞心湖
枯叶旋舞
恋人归来
生机处处

春情

春绿飘春雨
  恋人挽深情
绵绵欢相语
  春浓情更浓

芬芳

四野艳春光
  碧草花红黄
落日清风起
  芬芳我梦乡

哦 泪流

哦，泪流
哦，欢笑
伤痛酿出的甜蜜
爱恋的炉火正烧——
正烧
因为因为所以
生活多么的神奇——
神奇！

太多太多的话

……

太多太多的话
想说给你
太多太多的话
我只说一句——
"我爱你！"

亲爱的亲爱的亲爱的
全世界都寂声无语
你为何不说话……
"因为我也一样
你就是我的全世界——
亲爱的！"

半生追逐 过往如风
半生逍遥 一弯彩虹

你我

月下扬波
泛舟爱河
轻轻吟唱
柔婉恋歌

夜色迷人

情醉你我

依依相伴

百年好合

爱上轮回

相遇相许

生死相恋

爱上轮回

万物世间

天佑

月映寂静村野

　林间光影摇曳

恋人相依轻语

　融融天佑和谐

相爱闪闪光

夜幕拥西窗
　相爱闪闪光
暗星轻眨眼
　月明入梦乡

无题

日高云去远
　溪水绕窗前
轻风送幽香
　艳花星点点

半生追逐　过往如风
半生逍遥　一弯彩虹

萝径

清幽萝径
曦鸟脆鸣
若我恋人
每唤晨醒

苇塘

清静乡村
晨雾迷蒙
光映苇塘
水鸟幽鸣

尖顶

朗朗碧空
闲闲云影
悠然惬意
心灵尖顶

劳作幸福

濛濛春雨
田野飘浮
朦胧恋人
劳作幸福

雨初晴

田野雨初晴
　勃勃秧亮青
雾霭飘远山
　旖旎妙无穷

田园

远远炊烟袅袅起
　鲜鲜禾苗遍田畦
燕子低飞声呖呖
　丝丝诗意丝丝雨

无题

入夏急雨去匆匆
　风云舞动任纵横
放眼原野无穷碧
　泛涨亮闪遍蛙鸣

半生追逐　过往如风
半生逍遥　一弯彩虹

无题

星光荧闪月明
　池塘遍鼓蛙声
树下甜蜜恋人
　两心融融跳动

无题

夕映清幽湖面
　涟漪轻漾睡莲
树下恋人相拥
　枝头知知鸣蝉

祷

风雨彩虹
收获爱情
两心默祷
天灵地灵

那

那年遇见
那年相恋
悠悠数载
恍若昨天

无题

相遇相随
幸运之船
相亲相爱
心海扬帆

半生追逐　过往如风
半生逍遥　一弯彩虹

无题

青葱岁月
策马红尘
携爱老去
归隐山林

眺望

眺望小镇

眺望星辰

眺望乡下

眺望黄昏

眺望恋爱的季节

眺望记忆中的夏秋

和记忆中的冬春

眺望一万年前的梦幻轮回

眺望一万年后的那两个灵魂……

八百诗

清音朗朗　飘逸铿锵

明眸烁闪　吟哦诗章

岁岁青春

轻描沧桑年轮

淡写相思梦痕

无悔蹉跎走过

人生岁岁青春

诗章诗章

诗章诗章

心天云翔

情洒四季

雨雪露霜

悠然我心

诗意缤纷

人天妙合

灿若星辰

绵绵情思

流出笔端

爱泉奔涌

吟哦诗篇

清音朗朗　飘逸铿锵

明眸烁闪　吟哦诗章

天心小诗
缤纷若英
浅吟低唱
万种风情

无题

生活啊
我爱——
青春
活力
光彩！

庐

赫赫扬扬
日出东方
寒宁我庐
心野无疆

四季吟

夏花绚烂

秋叶静美

皑皑冬雪

春绿南北

吟春

出门外

树枝头

小鸟在欢唱

田地里　一簇簇

绿油油

小葱青青在生长

抵近处

低下头

欲闻泥土香

啊！

我看到了春天

刚刚从松软的泥土里发散出满是芬芳气息的春天……

清音朗朗　飘逸铿锵

明眸烁闪　吟哦诗章

啊！
放眼望开去　仔细品尝
不知不觉
春天已弥漫了整个的天地！

一树

一树沙沙
　八面风

枝枝叶叶
　舞春情

啾啾鸟儿
　觅不得

高低处处
　透空灵

*佛家有八风吹不动语

吟柳

春雨濛濛柳
似烟若雾柔
闪闪泛鹅黄
清风荡悠悠

溪

溪清柳荫浓
幽幽枝鸟鸣
鱼闲戏水草
款款飞蜻蜓

牛郎织女

盈盈一水隔
　脉脉两断肠
咫尺若天涯
　相见何茫茫

清音朗朗　飘逸铿锵
明眸烁闪　吟哦诗章

无题

荒野秋凉心飘零
　魂飞牛郎织女星
遥遥相思两不知
　深情一片谁与听

混沌

狂风扫大地
　呼啸天翻起
万物任主宰
　混沌幻迷离

小河小河

小河小河
岸柳婆娑
悠悠舟漾
恋人扬歌

艳女

艳歌艳女
清溪戏起
扬水浅跳
秀发飘雨

春山可望

春山可望
白云轻飏
幽幽欢鸣
归雁入窗

无题

一江春水
翠山欢鸟
相思默吟
关雎歌谣

清音朗朗　飘逸铿锵
明眸烁闪　吟哦诗章

妖娆姑娘

曲幽小巷

妖娆姑娘

款款汲水

落花池塘

浮萍浮游

浮萍浮游

闪转鱼求

清波叠漾

默默溪流

香案

清光清晨

香案香纯

远寺钟鸣

撼我心魂

希望

希望希望
欣欣向往
初恋想头
四野春光

自然之书

自然之书
幽妙博物
贴近贴心
若饮醍醐

清音朗朗
飘逸铿锵
明眸烁闪
吟哦诗章

无题

陈规世界
从容死磕
庸俗日子
快乐生活

大道

大道无形
真空妙有
禅中得味
清风云走

寂静书房

寂静书房
慵懒斜阳
纸若闲云
悠悠思想

弯月吟

弯月似银琴
光洒弦根根
秋风轻掠过
瑟瑟妙生音

小小地球村

小小地球村
七十多亿人
划界做游戏
争利一根筋

对弈

对弈纵横间
局残倚石眠
古今无赢者
合和方为仙

              * 给L君

忙碌

忙碌天天来
件件忙不败
万事若清风
心有一片海

清音朗朗　飘逸铿锵
明眸烁闪　吟哦诗章

心事

野水汪汪蒌蒌草
碧空朗阔孤云高
只只鸥鹭南又北
万事随风如鸿毛

星半月

一弯月兮
一颗星
亲相伴兮
忒多情
月若伊兮
星若侬
遥思念兮
祷天灵

真曹操

率真随和
豪情洒脱
敏智幽光
王气磅礴

战争

战争战争
暗夜寒冬
头等美好
窗外和平

萨满

萨满萨满
亘古绵延
神明世界
万物灵显

清音朗朗　飘逸铿锵
明眸烁闪　吟哦诗章

吟己

清夜无人
扪心自问
真切待己
待人几分

吟长城

巍巍长城
腾云若龙
赫然万里
气贯天虹

无题

鞋子讲合适
　走路脚便知
饿了甜如蜜
　饱了最难吃

赋诗吟

妙意幸运得
　一语一咏叹
达我天成意
　一诗一陶然

无题

佳人入我梦
　真爱有神灵
佳人入我诗
　心天出彩虹

白桦林

萧萧白桦林
叶枯不染根
摇落一秋寒
静待来年春

斑斓树下

斑斓树下
落叶飞旋
不败之心
悠悠甜眠

清音朗朗　飘逸铿锵
明眸烁闪　吟哦诗章

惊蛰吟

乌云
　　沉沉
四方
　　寂寂
悠悠
　　澎湃我心

轰隆
　　轰隆
春雷
　　撼彻
惊蛰
　　草木鱼虫

惊然
　　悚然
我心
　　天然
依稀
　　梦回童年

悠悠
　　我心

悠悠
　　初心
悠悠
　　忘我纯真

动我
　　魂魄
蓬蓬
　　勃勃
心生
　　无限清新

惊蛰　　惊蛰
　　我心
执着
　　超然
忘我
　　高歌

清音朗朗　飘逸铿锵
明眸烁闪　吟哦诗章

花信使者

花信时节
岁月含香
赏心乐事
一路春光

无根之水

无根之水
来自天上
一夜柔声
唤物生长

山头

草屋山头
清露清秋
悠悠碧空
雁动乡愁

低谷

低谷低谷
凄云惨雾
心魂高旋
灿飞前路

霾

灰色苍穹
阴霾弥漫
苟且幽魂
生死闪闪

无题

乌云垂肩
起舞翩翩
婀娜女子
鞠身笑颜

*吟北京《一千零一夜》歌舞表演

清音朗朗　飘逸铿锵
明眸烁闪　吟哦诗章

女子吟

风吹柳袅娜清响
　窈窕女多么端庄
月光下最美女子
　女子中最美月亮

吟梦

春山寂幽村
　枝鸟唤清晨
甜睡迟来醒
　难舍梦中人

登顶雾灵山

登顶雾灵山
心魂入云间
飘飘无穷游
日落仙境前

*吟河北承德雾灵山

火烧云

夕阳凌空云
火烧炼成金
漫天奇幻变
赫赫美惊心

方城

野水绕方城
城吹八面风
风动心静默
一默如雷鸣

清音朗朗　飘逸铿锵
明眸烁闪　吟哦诗章

森林沙沙絮语

森林沙沙絮语
　相依自由甜蜜
狂飙雷雨霜雪
　悠然走过四季

神游

晨露晶莹草茵

　柔情热泪浸润

幻境神游山水

　醉恋静幽黄昏

无题

绿野寂静村庄

　小径伸向远方

溪水闪光奔去

　一路纵情歌唱

*吟河北张家口沽源一小村庄

竹筏

妩媚女子竹上歌

　盈盈秋水闪转波

潋滟溪流漾柔柳

　一曲一曲岸鸟和

八百诗

灯

月明星疏云来去
共苦清秋风露寒
泛舟行过梵音寺
幽幽一点灯影闪

草原穹庐吟

碧空飘飘牧羊群
青青草原游白云
一弯澄澈溪流水
映闪万丈穹庐魂

佳木斯望松花江

落日衔远山
万物寂无语
一江碧秋水
闪闪东流去

清音朗朗　飘逸铿锵
明眸烁闪　吟哦诗章

吟黄崖关

秋深寒露白
萧疏飒飒衰
残阳残林红
黄崖关山外

*黄崖关位于天津蓟州

钻

执手走过
光影流年
恒钻之情
熠熠烁闪

无题

且慢且慢
日落灿灿
且慢且慢
黄昏之恋

禅道

悠悠禅道
云水行脚
绝壁抬眼
梅子熟了

救赎

困厄苟且
疲倦感伤
救赎当下
氤氲远方

清音朗朗　飘逸铿锵
明眸烁闪　吟哦诗章

错

一错再错
错了又错
我心若初
高昂执着

青春欢聚

璀璨之夜
朦胧前景
青春欢聚
别无踪影

无题

青春爱情
熊熊火焰
白昼亮烈
夜晚璀璨

凛夜

流飘遇伊
甜浓乡语
凛夜暖我
苍凉孤寂

焦枯荒漠

焦枯荒漠
痴心迷惑
苍鸢默旋
慽慽悲歌

山门

秋雨隐遁
仓促残云
似近忽远
灿阳山门

中秋吟

中秋月明
弥天柔情
遥迢故乡
萦怀浓浓

鹤

芦花浅滩
薄雾波闪
惊然鹤起
西霞满天

白鹭惊飞起

碧水一泓幽
潋滟泛轻舟
白鹭惊飞起
翩翩无际秋

危崖

危崖高重重
劲风舞劲松
漫山银雪闪
云轻游碧空

郊外

郊外皑皑光耀
  马拉雪橇奔跑
独坐红衣丽人
  欢歌乌发飘飘

碎

纷纷扬扬
雪满乾坤
山河静卧
美碎我心

君

幽居空山
飞雪漫天
飘然君来
银装若仙

清音朗朗　飘逸铿锵
明眸烁闪　吟哦诗章

小村庄

寂静村庄
清洒月光
偶有犬吠
幽闪昏黄

观海

煌煌丹阳
腾跃海上
崖岸惊涛
轰然山响

腊八吟

腊八大寒
粥香弥漫
飘飘瑞雪
天下迎年

无题

监狱监狱
高墙陡立
鸟儿进来
转眼飞去

无题

高墙电网
铁窗生活
自由自由
徒唤奈何

明眸烁闪　清音朗朗

吟哦诗章　飘逸铿锵

无题

牵手幻梦
彷徨压抑
美丽幌幌
焚情抛弃

无题

枯树兀立
忽雀惊起
苍鹰一振
向上飞举

芷兰

春发芷兰
好友若干
品茶入诗
天地悠闲

竹窗山影

竹窗山影
夕阳灿下
清波小舟
悠然入画

悠扬琴声

悠扬琴声
落花满径
细雨相思
缕缕柔情

夭桃

灼灼夭桃
青枝恋生
风吹花落
飘逝无踪

无题

春山晨起
微微飘雨
花香草香
沁透心脾

清音朗朗　飘逸铿锵
明眸烁闪　吟哦诗章

无题

涧水清流
幽谷欢歌
烟雨斜织
一山春色

汲水汲水

汲水汲水
片刻憩息
清清涟波
惊喜映你

淡淡忧愁

我有恋人
甜美甜柔
轻颦浅笑
淡淡忧愁

八百诗

翩翩双燕

翩翩双燕
呢喃恋语
风漾幽香
惚恍伴你

无题

水草浅浅
杨柳簌簌
灿有烟霞
心随鸥鹭

清音朗朗
明眸烁闪
飘逸铿锵
吟哦诗章

苏州古城

静河如带
古老展开
濛濛细雨
前世飘来

无题

古老河畔
恋影静幽
悠悠遐思
幸福暖流

茉

窈窕女子
幽居小巷
四季如茉
淡淡清香

周庄印象

旖旎水乡
小舟轻漾
悠悠来去
灯闪昏黄

春声

二月晌午暖
　　推窗来蜜蜂
殷勤小天使
　　嗡嗡送春声

小街

小街青石径
　　细雨落缤红
娇音飘伞女
　　暗香妙娉婷

清音朗朗　飘逸铿锵
明眸烁闪　吟哦诗章

槐花怒放时

五月初夏日
　　槐花怒放时
烂漫洁如雪
　　幽香沁入诗

云儿鸟儿

云儿羡鸟飞
　鸟儿将云追
两心浑不觉
　清风默相随

浅浅五月夏

浅浅五月夏
　水月映浮花
和风湖岸幽
　喁喁多情话

硕紫藤

撩人硕紫藤
　艳艳开满庭
徘徊花下醉
　蜜蜂嗡嗡鸣

梵钟

日高落云影
　　春竹绿满庭
淡飘花木香
　　寂听妙梵钟

小草吟

鲜鲜小草绿
　　亲亲惹我意
随风轻摇摆
　　天心妙禅机

吟荷

清风夏日荷
　　艳开一朵朵
悠悠花落去
　　一片莲蓬果

清音朗朗　飘逸铿锵
明眸烁闪　吟哦诗章

无题

天水飘飘崖前落
　闪闪弥漫散轻雾
云霭隐隐红霞寺
　袅袅清音在高处

星河贯中天

星河贯中天
　银月正上弦
满庭遍花影
　幽香伴我眠

无题

入夏绿荫浓
　野水舞清风
萦萦挥不去
　娟娟鸟啼声

八百诗

无题

夏酿一塘绿

　　啾啾枝鸟鸣

荷花朵朵开

　　款款飞蜻蜓

无题

夏夜雨歇

蛙声四起

悠悠天籁

浑然忘机

大暑夏日

大暑夏日

闷热难忍

微风送来

清爽之吻

清音朗朗　飘逸铿锵

明眸烁闪　吟哦诗章

无题

炎炎暑气正深
知知蝉闹浓荫
天地恍若凝滞
悠悠闲寂追魂

倒往

寂静残垣古墙
荫浓斑驳幽光
向晚悠悠漫步
流时惚恍倒往

呼伦贝尔

草原夜幕蓝
皓月星满天
欢歌众相和
篝火舞翩跹

无题

芳草茫无际
    碧空云来去
敖包会佳人
    悠扬艳歌起

无题

歌悠扬
    清香草原

入秋夜
    繁星满天

佳人伴我
    风徐徐

浓浓情
    天佑尘缘

清音朗朗　飘逸铿锵
明眸烁闪　吟哦诗章

丹霞如我心

灿灿夕阳
　美煞人

赫然火烧
　涂抹金

神奇变幻
　悄散去

惚恍丹霞
　如我心

眺大兴安岭天池

一泓碧清
云遮雾蒙
飘飘谧野
若有仙踪

无题

静幽小河
鸭鸟游弋
袅袅笛音
飘向天国

密密苇丛

密密苇丛浓荫下
　呱呱四处乱鸣蛙
欸乃小舟寂漾来
　嘎嘎惊飞众野鸭

无题

和风瑟瑟
月洒苇泽
轻柔抚爱
甜眠天鹅

明眸烁闪　吟哦诗章
清音朗朗　飘逸铿锵

幻情

池沼天鹅
临遇百合
恋影重重
幻情若我

恬恬轻漾

风清月朗
溪草闪光
闲悠野鸭
恬恬轻漾

渔樵耕读

秋山迟暮
草亭溪屋
枝鸟啼唤
渔樵耕读

无题

甜醒山里
溪鸟晓啼
仁窗浮岫
氤氲沾衣

无题

秀峨奇峰
光彩流映
半山云雾
悠游浮动

无题

幽邃山谷
万籁寂静
屏息凝神
潺潺水声

清音朗朗　飘逸铿锵
明眸烁闪　吟哦诗章

吟吉林白城

茫茫沼泽
白鹤飞落
金秋吉地
天鸟天国

望山西悬空寺

恒山翠屏峭崖奇
峥嵘万丈峡谷险
隐隐低闻瀑水声
仰天碧空古寺悬

紫荆关

十八盘入天
峨峨紫荆关
扶摇飞瀑上
星花满秋山

*紫荆关位于河北易水

潺潺清气足

仙山密云雾
隐隐多飞瀑
水流万壑径
潺潺清气足

*吟河北涞源白石山区域

白石山

神幽白石山
草野绿云端
千崖万壑奇
忽隐又忽现

*吟河北涞源白石山区域

清音朗朗　飘逸铿锵
明眸烁闪　吟哦诗章

荡荡清秋美

荡荡清秋美
　点点鸥鹭飞
安闲送日月
　悠悠一江水

无题

潺潺溪水流
　游人点点舟
清波荡红黄
　两岸无际秋

观瀑

雨歇溪湍急
　哗哗浪歌起
观瀑入空山
　清晓百鸟语

神光

空山晚风凉
　　烟霞舞斜阳
隐隐红崖寺
　　依稀有神光

霜天满枝头

野鸟残杨柳
　　啾啾叫不休
雾凇遍雪岸
　　霜天满枝头

清音朗朗　飘逸铿锵
明眸烁闪　吟哦诗章

大境门

古道通贸
境门雄关
长城望野
大好河山

*大境门位于河北张家口

小镇

无名小镇
千年浸润
斑驳静幽
没入黄昏

*吟北京房山小镇

幽谷神潭

深谷有潭
一汪幽蓝
漾闪映我
妙不可言

*幽谷神潭位于北京怀柔

无题

午后慵眠
懒猫做伴
相顾无语
坦然打鼾

情愫

喜怒哀乐
一路向钱
神奇情愫
人类容颜

如果

痛苦不快
如果愿意
我们有一千个理由选择放弃
如果不愿意
我们有一万个理由选择牢记

快乐甜蜜

如果愿意
我们有一千个理由选择牢记
如果不愿意
我们有一万个理由选择放弃

——唯心而已

*给秋水君

迷醉无边海洋

月洒轻纱柔光
　水波幽幽闪漾
缥缈渔歌袭来
　迷醉无边海洋

远航

朝云泛彩流金
　江水碧波粼粼
船铃清悦摇响
　天风鼓帆远航

日月

朗朗日高升
　碧空淡月明
沧海光闪闪
　天地共辉映

梦幻游仙域

梦幻游仙域
　心荡神人迷
灿闪仙人出
　飘飘云雾起

无题

滚压黑魔云
　森森夺人魂
霹雳闪彻天
　魄散雨倾盆

飘飘浮云

飘飘浮云
相拥相爱
跌落世俗
泣声入海

诗兴

呼啸而起
豪放纵逸
瞬息凝眸
意畅淋漓

再入梦

放眼西天云
心绪恋黄昏
夜来再入梦
畅享刻刻金

一湖春

静暮一湖春
　柳岸点点花
漾舟伴君游
　共醉月光下

橘子洲头

橘子洲头春
　细雨淡遮烟
恋人偎情浓
　飘摇花纸伞

西湖明月下

西湖明月下
　恋人手牵手
默默送祝福
　相依共白头

清音朗朗　飘逸铿锵
明眸烁闪　吟哦诗章

吟苍岩山

苍岩山上春
　徐风动云根
崖桥藏古寺
　啼鸟处处闻

*苍岩山位于河北赞皇

背牛顶

峥嵘背牛顶
　野径断长城
晨鸟漫山啼
　残寺钟不鸣

*背牛顶山位于河北秦皇岛

匆匆去见君

鸟啼细雨春
　匆匆去见君
湖畔独淋伞
　可爱痴情人

无题

旷野风徐徐
　鸥鹭东复西
小河衔北山
　缓缓南流去

无题

霏霏春山雨
　竹影幻迷离
小径花伞来
　飘飘若仙女

明眸烁闪　吟哦诗章
清音朗朗　飘逸铿锵

无题

相爱两依依
　时常暂别离
至真至纯情
　心心默相许

晨光曲

红日花草溪
　牧童吹短笛
小路林雾薄
　乡野晨光曲

狂野我心

春发草原
恣情放歌
狂野我心
奔流若河

八百诗

那达慕

蓝夜篝火
草香畅饮
无边歌舞
莫负良辰

*吟内蒙古锡林郭勒盟那达慕大会

无题

夜幽迷人
篝火燎魂
青春歌舞
星闪殷勤

敦煌

悠悠敦煌
圣窟幽光
高原之魂
天下神往

清音朗朗 飘逸铿锵
明眸烁闪 吟哦诗章

缥缈仙山

缥缈仙山
天真遥远
虚无空了
又来眼前

燕归来

熏风拂拂
轻飘细雨
双燕归来
呢喃若曲

千岛湖

春深骤雨初晴
　晨鸟清啭啼鸣
碧湖灿披霞光
　翠岛飞架彩虹

*吟浙江千岛湖

戏春忙

一溪烟水映霞光
　　漫山草木沁幽芳
悠游小舟鱼跃随
　　欢鸣野鸟戏春忙

无题

满庭花草鲜香息
　　畅睡一宵日高起
闲情妙趣话佳人
　　斛斛迷醉群芳里

清音朗朗　飘逸铿锵
明眸烁闪　吟哦诗章

木星伴月伴云行

闪闪大星独高悬
　明月出云移近前
放眼晕散无涯界
　清幽淡缓诗满天

　　　*天空出现木星伴月天象，大星与上弦月近距离相伴，周边不见一颗其他星星，淡淡的浮云缓缓飘散着，不停游移变幻，诗意满天

无题

一日向晚好
　夕阳绚美妙
夜来多憧憬
　入梦任逍遥

无题

阳春送暖

垂柳飞花

捉抢童子

嬉戏月下

春江客船

春江客船

近丘远山

烟雨葱茏

左岸右岸

*吟湖北宜昌长江之行

清音朗朗　飘逸铿锵
明眸烁闪　吟哦诗章

玉渊潭

春湖荡舟
笑语喧传
岸冈樱花
烂漫连天

*吟北京玉渊潭

碧云寺

春山林禽
欢鸣清晓
古寺静幽
虔香袅袅

*吟北京香山碧云寺

纳凉

纳凉宿幽山
酣醒云雾浓
隐约必有寺
晨钟一声声

*北京密云暑夏吟

黄昏雨

恋人黄昏雨
　碧树小亭伞
缓缓暗云去
　花前更缠绵

俏佳人

妩媚俏佳人
　玲珑轻风舞
脉脉传柔情
殷殷送祝福

清音朗朗　飘逸铿锵
明眸烁闪　吟哦诗章

无题

碧空浮白云
　悠然若写诗
山深八百里
　念君遥共知

　　　*寄秋水君

大地一张琴

大地一张琴
双足踏曲音
悠扬妙动听
悲壮荡雄浑

无题

雪山脚下
蓝色湖泊
拾捡青春
燃起篝火

无题

幽径黄昏
余霞灿金
秋山归来
孤独旅人

心天至美

雨过云晴
湛蓝出虹
心天至美
绚烂空灵

无题

秋野草虫
幽幽低鸣
凄清月下
风吟倾听

清音朗朗　飘逸铿锵
明眸烁闪　吟哦诗章

我的世界

（一）

"栀子花开了
我爱着的人将要来了"
"她是我唯一的恋人"
……

（二）

"等到将来的时候
亲爱的"
……

（三）

"我回来了！"
……

（四）

"再见啦！"
"我会想你的
亲爱的"
……

（五）

"我们有家了
亲爱的"
……

爱自己

我爱自己
　　爱自己的过去
爱自己的现在
　　当然也憧憬着爱自己的未来
过去
　　走过了
我已彻底放下
　　现在的我
当下的生活
　　心灵无羁绊
身心努力俱佳
　　几乎每一天新新来临的时候
内心都拥有一缕灿灿的朝霞
　　当然也常常有很多美好的别的
流水一样的时光
　　流水一样的走过
我的内心当然也时时朝向未来
　　有过过去的未来
走过当下的未来
　　除了爱自己
我也清晰地知道
　　过往的一些人也真心地爱我
当然还有那全部的心

清音朗朗
明眸烁闪
飘逸铿锵
吟哦诗章

深爱着我的人
新新的未来
无边的期待
包括我天心多多美丽的向往
包括上天将赐予我前方
未知的一切
"我十分高兴生活在这个伟大的世界里"
没有别的了

*引号引用了印度诗人泰戈尔语句

八百诗

题 外 集

飞旋星辰

飞旋星辰
魔幻光阴
灿亮耀闪
霎时消泯

雨戏

碧池漾树
雨戏鱼出
自在娇莲
朵朵滴雾

一杯咖啡

一杯咖啡
飘飘怀想
窗来细雨
滴落情殇

无题

心天追逐
朗若秋阳
生命之树
不负上苍

无题

空山幽林
溪鸟清音
岚遮草屋
居者何人

畋猎

林草幽野
驰骋畋猎
涉溪逐鹿
落水不觉

少少许多多许

日子少少许
情谊多多许
相别两茫茫
痛心送欢喜

＊给S君

那双眼

日子一程程
爱神忽降临
温柔那双眼
掠去我心魂

凄凉

野风掠芒草
呖呖急飞鸟
凄凉沁我心
漫天随云飘

无题

匆匆一路过
酿得万首诗
拳拳赤子心
惊美天下知

无题

青青韶光
灿灿若阳
旧梦幽思
闪闪泪淌

无题

八千日夜
大美性灵
诗泉成河
恣肆奔涌

怒花

春山风雨
料峭飘摇
崖有怒花
岚烟缭绕

无题

夜深静卧
相思袭我
窗雨敲竹
宛如恋歌

唤伊名字

春心少年
悄有所恋
唤伊名字
千遍万遍

寄C同学

世界
准备好了
这是
你的舞台——
去表演吧！……

无题

地球家园
巨变多多
追思神游
万古山河

启

禹立夏启
华胄泱泱
一朝一朝
八百帝王

恒河

恒河恒河
佛陀佛陀
悠悠恒河
万世佛陀

般若·空

空灵之魂
一无挂碍
万念由始
自由自在

空灵之魂
自由自在
万万世界
任由往来

*给秋水君

放飞风筝

秋高旷野
骋目惬意
放飞风筝
魂随云去

无题

西风夕残
苍鹰回旋
山野果落
草虫呢喃

应允

久恋不得
万般怅惘
一朝应允
心花怒放

端午观日升

隐隐东方一带林
碧空缓缓荡青云
一寸一寸涂金彩
转眼赫赫浑一轮

*二〇一七年端午

归乡

白云悠悠轻飘荡
溪水哗哗流清响
山野红黄秋日佳
跃马高歌归故乡

题
外
集

今夕何夕

今夕何夕兮　南湖

今夕何夕兮　泛舟

今夕何夕兮　伴秋月伴佳人

今夕何夕兮　烟柳依依佛寺幽

*二〇一五年故乡河北唐山南湖某仲秋夜晚

曹妃甸

茫茫沼泽

雾霭弥漫

红日照临

万象绚烂

*二〇一三年秋河北唐山曹妃甸沼泽

海菜花

嫩鲜娇白
清波绽开
月下仙子
漂漂花海

   *广西都安海菜花印象

灵香草

瑶山幽谷
珍灵仙草
嫩绿娇黄
飘香入药

   *广西大瑶山灵香草（又称铃铃香）印象

掠过

清风掠过
浮云掠过
遥遥恋人
心头掠过

夏风拂拂

夏风拂拂
新月潜入
缱绻恋人
溪柳深处

观塘

鱼戏水草
枝头蝉噪
潜底夏日
谁人知道

无题

娇荷静开
朝晖夕露
枯衰残落
安之若素

无题

枯黄枝叶
残留回忆
爱恋之花
久远往昔

不死

月亮升起
心动心痛
相思不死
慢慢凋零

青山誓言

千古情爱
悠悠遗憾
遍地空留
青山誓言

无题

清纯少女
倩影轻盈
活泼多姿
袅袅婷婷

聚

满目同窗
初恋在旁
窃喜若花
悄然盛放

八百诗

秋林

寂寂秋林
白雾晨衣
溪鸟幽鸣
野鹿来去

无痕荒野

无痕荒野
寂静闪光
默不掠扰
任心徜徉

垂钓

凄风幽湖
芦花茅屋
岸有笠翁
垂钓孤独

夜遇

荒野古木
电闪霹雷
赫然火起
苍凉壮美

* 二〇〇九年某夏日深夜于北京延庆境内遭遇偶
发奇观

布道阳光

有灵有梦
芸芸众生
布道阳光
鱼贯前行

遇得天使

遇得天使
遇得魔鬼
诗人之心
蝎子之尾

八百诗

说给天下人

说善
说恶
说自由
说道德
说这
说那
你说他说
……
我呀
满世界我只想说一个——
人性
——尤其那份爱的尊重

人性呀
人性
人性
人性……
说它一千遍
说它一万遍
说给天下人——
胜过我生命
说上一千遍
再说一万遍

说给天下人——
胜过我生命！

*给秋水君

那些

那些初恋日子
欢快光闪良时
寂寞安抚创伤
轻叹来生来世

偎依

轻风簌簌梧桐
淡云淡月朦胧
偎依树下恋人
没入幽幽小径

窗天叹浮云

啼啭鸟弄春
花影入黄昏
惚恍伊又至
窗天叹浮云

白羊峪

晨雾山村鸡鸣
羊群涉溪迷蒙
蜿蜒跳攀绿崖
冉冉红霞辉映

*白羊峪位于河北唐山迁安

无题

惊蛰闻雷
隐隐不断
唤你唤我
拥抱春天

无题

幽幽小路
淡淡遮雾
晨风徐来
清响处处

无题

溪柳青青
晓莺啼鸣
恋人漾舟
划向春梦

无题

一池水草浅
闲寂移近前
蛙鸣在幽处
蜻蜓轻点点

无题

垂垂老矣
仙心渐起
拙拙真朴
若一孩提

无题

荒山野老
开辟草莱
四季走过
游目骋怀

日丽中天

日丽中天
油菜花鲜
遍野蝴蝶
翩翩斑斓

无题

小鸟叽叽
小鸟喳喳
呼伴唤子
激情初夏

无题

小暑大暑
连蒸带煮
太阳炽情
烈如猛虎

无题

惚恍惺忪
木然发愣
悠悠我心
空寂空灵

无题

知了伏灵
合音齐鸣
大暑之日
烈烈情浓

无题

风雨青春
沟壑荆棘
老年高原
甘之若饴

太古弦歌

太古弦歌
禅道至朴
老木寒泉
风声簌簌

致台湾李敖先生

如幻如梦
千山独行
惊心岁月
淡定从容

送别李敖

台北之春
细雨纷纷
骑马远去
傲归山林

致秋水君

君之所言
幽光剑锋
锱铢累积
小得大成

伟大的未知

未来未来
生生追逐
未知主宰
万事万物

无题

先知遇未知
未知为大哥
无知满路旁
中间有个我

无题

惊蛰天地新
万物抖精神
雷公声声吼
徒奈装睡人

无题

浑朴天真出天然
自性光明自由仙
心光朗耀大化境
人生至境心安闲

无题

放眼望无际
澄澈秋水碧
鸥鹭点点飞
心随白云去

无题

一路沐风雨
千翻岭头云
壮年当不已
灿若丹霞心

无题

虚静天地鉴
恬淡万物明
孤独守日月
自在道清平

无题

千山崎路过
跋涉乐从容
海蓝云天阔
轻舟一箭冲

未来已来

我懂　你曾走过的
峻岭崇山
此刻　无法说出的
是我的万语千言

未来已来
在你拥抱的一瞬

世界的晨曦

已将所有的朝阳盛开

只为　只为你重回大海

重回那波澜壮阔的舞台

然而　无法说出的

是我的千言万语

因为　沉默

才是流水与高山的依依别离

*与秋水君题赠

武夷山游春

清溪泛舟

岸多新竹

幽鸟脆鸣

散飘薄雾

*二〇一五年早春

无题

凭窗伫立
潇潇暮雨
一带远山
氤氲迷离

茶香

淡淡茶香
飘落纸上
笔走风雷
妙意铿锵

无题

粼粼溪水
闪闪波浪
纵情奔流
欢欢歌唱

无题

春风丽人
飘飘衣袖
云发一缕
轻拂额头

无题

月下花前
情侣缠绵
忘情热吻
天地飞旋

情醉海滩

浪漫浪漫
情醉海滩
依依不舍
夜色阑珊

八百诗

无题

甜美往昔
日日心醉
诀别不舍
日日心碎

夏声

蝉噪稍歇
雷闪骤雨
匆匆云去
蛙声四起

赶海

你来我来
快来赶海
机不可失
失不再来

无题

隔山隔海
千里之外
缕缕温馨
两心相爱

和你在一起的时候

……
和你——
在一起的时候
和你在一起的时候
……
和你在一起的时候——
即使这个世界的
末日来临……

无题

横绝四海
历经无数
回归伊人
倾心倾诉

抖音

抖音抖音
秒秒出新
上帝伴我
惊然消魂

黑白黑白

小小天地
人机驰骋
黑白黑白
无限可能

喊麦

你来我来
恣野狂怀
心音共频
铿锵喊麦

悠悠创意

悠悠创意
跋涉之趣
未知主宰
心醉神迷

无题

匆匆忙忙
活在网上
心神碎片
莫忘安放

举手之劳

举手之劳
习熟平常
贴心及我
潜德幽光

*给ZY君

刘邦刘邦

刘邦刘邦
大汉之王
前承周秦
后泽无疆

他

他已离家许多年
心中遥遥闪伟岸
一日悄然夜归来
气虹惊我呆茫然

无题

星月隐去
晨曦微笑
枝头鸟儿
啾啾欢跳

翩翩浪子

翩翩浪子
一袭长衫
清风来去
凝眸烁闪

无题

夜色撩人
靓影惊魂
霓烟歌软
芸芸若神

*吟广东深圳广场歌舞

无题

清丽美人
风姿天韵
眼前来去
飘飘若云

甜甜靓女

甜甜靓女
秋波若许
拥你入怀
亲亲相依

清风艳影

清风艳影
暧暧目众
妖娆若荷
一瞥惊鸿

无题

回望青春
心动连连
往事往事
飘去如烟

毒药毒药

爱你爱你
挥之不去
毒药毒药
必死无疑

娇羞

少女怀春
爱慕郎君
秋波晕起
娇羞纯纯

秋湖

秋阳湖畔
艳花簇簇
幽会恋人
芦花深处

无题

艳遇一夜
情消醉醒
日临窗前
空花泡影

桥头

送别抵桥头
幽湖新月钩
船载佳人去
泪眼潸潸流

萍踪

君心飘无定
来去多匆匆
欲诉不相离
何处觅萍踪

独来客

空山银雪满
野寺袅袅烟
虔心独来客
碧天鹜伴旋

大佬

江湖大佬
古似今同
义情弥天
滔滔人生

枯枝寒山

枯枝寒山
飞雪漫天
岁月老去
痴爱甜眠

读陈独秀

狂飙闪电
唯新青年
孤芳灵魂
万丈光焰

一代英灵

落木寒风
孤坟鬼影
拊膺长叹
一代英灵

*吟陈独秀先生墓地

无题

冷淡冷漠
芸芸错过
寒凉世界
暖阳落没

乘风云去

乘风云去
山水幽居
嚣烦尘世
遥远回忆

残阳暮云

残阳暮云
绚彩诗魂
冷月星幽
妙曲清音

无题

寂寞荒城
四野凄清
孤雁掠过
幽幽哀鸣

无题

春夏秋冬
清心修行
得大自在
若一稚童

娑罗双树

涅槃释祖
娑罗双树
念佛在心
不离寸步

芦荡

寂寥芦荡
游雁游逛
飘然轻举
没入残阳

神幻

幽径入荒林
飞鸟掠光阴
神幻千千载
惚恍若先民

无题

西窗空幽寂
浮云闲来去
落叶悄无声
枝鸟乐沉夕

头春雨

濛濛山野新
生发万物柔
落下头春雨
天地竞风流

无题

赫赫炎炎夏
山野稀闪花
恋人开在心
清风走天涯

丰熟

澄碧白云天
溪响水潺湲
丰熟秋无际
灿灿金稻田

无题

碧空白云浮满天
放歌旷野行飘然
飒飒秋风送秋日
绵绵秋思情秋还

闲云一片心

幽居荒野草木深
无边风月撼诗魂
时光静寂悄逝去
恍若闲云一片心

离人

垂垂静谧夜
幽微闪晕黄
离人挑孤灯
新月遥相望

无题

深雪微微月
清光若有无
磬声彻夜寒
幽怨当何如

寄L君诗咏

一纸激扬书
满腹慷慨怒
寂听心生寒
遒笔胆气独

无题

荒野幽森森
雪舞朔风吟
凄凄路漫漫
气豪胆雄心

勇敢

不讲基因
没有家训
在这一举跨过两万多日日夜夜的
寂寞生日里
我只愿我善良勤勉的亲人
在他们血脉奔流的每一个内核里
都砥生出——勇敢
——有如一粒粒的金刚砂
那般！

佳人故乡来

佳人故乡来
翩翩轻风舞
欲诉千万言
心已随鸥鹭

听泉空山响

幽居溪水旁
草木日夕长
心闲自陶然
听泉空山响

寻声

雨后山野润
溪水响清音
寻声遍花草
甜香沁我心

流

佳人断肠去
日夜伤别离
泪淌汇成河
流进我心里

无题

夜冥思悠悠
佳人惦心头
远寺妙钟来
声声佑我求

无题

春宵甜梦醒
窗外啼流莺
闲缓移近前
艳艳开满庭

神摇摇意恍恍

神摇摇意恍恍
长相思久别离
温婉娇音佳人
梦中伴我依依

无题

温柔露珠闪光
溪流纵情歌唱
魂牵故乡恋人
心飞云天远方

无题

啾啾野鸟
欢鸣清晓
唤醒我心
山中美好

无题

空入空山
清幽啼啭
古寺峨峨
缭雾飞泉

无题

闲来幽湖
翠青碧闪
寂听天语
娇音啼啭

日落日落

日落日落
绚烂焚没
心海心闪
悠悠扬波

无题

寒蛩唧唧
幽幽若泣
寂寞午夜
相思泛起

夜云流浪

夜云流浪
天雨泣哭
相思我心
忧伤孤独

无题

回溯回溯
幕幕悲欢
爱你爱我
昨日重现

无题

荒岛羁旅
遥遥归期
默数繁星
将她回忆

无题

海天云雾
幻象飞舞
波涛惊心
跌宕沉浮

相思相思

相思相思
心生心死
遥遥爱恋
两不相知

秘籍

自律自律
日累月积
耀闪骄傲
生命无敌

若水若云

若水舍得
若云淡泊
安之若素
天地朗阔

无题

湛湛碧空
一朵白云
吉祥如意
飘阗我心

无题

洁白云朵
碧空飘去
伊人在远
相思泛起

无题

思伊秋夜
星月交辉
一山虫鸣
如痴如醉

蚁族

青春遗失
空余记忆
蚁族散场
歌中有你

无题

悠悠天幕
流云嬉舞
雷霆怒闪
黯然恸哭

半山

枯枝弯月
漫坡横斜
半山入屋
相思寂灭

清秋明月夜

清秋明月夜
幽山闻促织
流星倏掠过
相思正浓时

千金方

昨夜染风寒
咳喘难入眠
觅翻千金方
一剂得安然

彷徨

幽山晚风凉

垂垂秋夜长

寂寞随天云

飘飘空彷徨

清平乐·冬怀

倚栏西楼　相思黄昏后　暗香点点绽枝头　望远佳人凝眸

星雪落染白首　晕月更添离愁　难续昔日情柔　空与岁月悠悠

无题

头上微微月

脚下深深雪

凄风枯叶旋

归乡心切切

一把伞

一把伞
一屋檐
心魂无羁飞
飘飘回旋大自然

世界很年轻

世界很年轻
我们都很年轻
包括刚刚发现了的那一抹遥遥黑洞的背影
——除了自由！

　　*给L君

巴黎圣母院

今天
哦，就在今天
巴黎
哦，巴黎的圣母院
黑洞吞噬宇宙
大地烈烧我心——
灾难降临……
默祷吧
让我们一起默祷吧
让全世界的心跳都连接起来吧
今晚
就在今晚
让我们以神圣的名义
一起仰望那暗夜里的星辰！

空灵心

云烟霏朦山韵出
林涛森然大地魂
浩渺海水连天碧
啼啭鸟语空灵心

无题

清浅池塘婆娑影
碧草萋萋遍蛙鸣
点水蜻蜓款款飞
朵朵荷花绽娇红

无题

皎皎中天月
妩媚照幽房
佳人思君远
孤灯秋夜长

旧梦阑珊

日高云去远
溪水绕窗前
啼鸟催唤醒
旧梦正阑珊

梧桐秋雨

淅沥绵绵

梧桐秋雨

漂在他乡

茕茕千里

无题

数载云游

山河风雨

绵绵情思

千缕万缕

无题

魂牵自然

游山归来

蚀心彻骨

喧嚣尘外

无题

幽湖碧水
葱葱芦苇
鱼跃波漾
白鹭轻飞

*故乡河北唐山南湖夏日

无题

恋人若花
笑意盈盈
百媚千娇
绽放柔情

无题

偶缘相遇
恋梦一场
有笑有泪
荡气回肠

假如

假如······
假如
······

亲爱的！
假如······
假如还有来生
亲爱的······

无题

心恋伊人
来却闪躲
慨叹自怨
南辕北辙

无题

小河向东
草木清风
挥手舟去
佳人远行

无题

甜甜挚爱
悠悠追怀
韶华幸福
恍隔世外

五峰仙山

一簇仙山
雾霭之间
五峰争奇
浮隐浮现

　　*五峰山位于河北昌黎

黑洞黑洞

黑洞黑洞
朦胧朦胧
知之多多
未知无穷

黑洞黑洞
天之朦胧
知之未知
大美无穷

无题

荒郊四野
漫飘暮雪
古寺钟鸣
袅袅不绝

＊北京怀柔某冬日黄昏

北京雍和宫

大年初一
雍和涌潮
虔心香火
随风袅袅

无题

众生芸芸
灿若星河
祷祝天下
阿弥陀佛

人类之河

人类一条大河
悠悠蜿蜒走过
"自然生命人性"
一个两个三个

人类一条大河
悠悠蜿蜒走过
"自由平等民主"
一个两个三个

大河一路向东
源头源流多多
"自然生命人性"
闪闪暗涌清波

大河一路向东
源头源流多多
"自由平等民主"
激扬浪花朵朵

北京之西山

落日西山
红黄寂幽
满夜虫鸣
清露清秋

一江秋水

一江秋水
夕阳西坠
悠悠我心
灿梦相随

木铎声声

木铎声声
摇曳心旌
神谕神谕
彻夜旋空

（完）

我们活着只为的是去发现美。其他一切都是等待的种种形式。

——纪伯伦《沙与沫》